Fabrik Verkauf

Eine Krimi-Satire

Ralf Weißkamp

Ralf Weißkamp

Fabrik Verkauf

Ein satirischer Krimi

Impressum

Die Handlung und alle handelnden Personen sind frei erfunden. Jegliche Ähnlichkeit mit lebenden oder realen Personen wären rein zufällig.

Bibliografische Information der Deutschen Nationalbibliothek:
Die Deutsche Nationalbibliothek verzeichnet diese Publikation in der Deutschen Nationalbibliografie; detaillierte bibliografische Daten sind im Internet über http://dnb.dnb.de abrufbar.

Lektorat, Foto und Gestaltung: Lenne-Agentur

Herstellung und Verlag: BoD – Books on Demand, Norderstedt

ISBN: 978-3-7557-1715-7

1

Verdammt, er hätte den letzten *Talisker* nicht trinken sollen. Im Seilersee gibt es keine Delphine. Es war eine der wenigen Sachen, derer er sich sicher war. Er hatte im See noch nie einen Delphin gesehen, auch keinen Wal und keinen Hai. Er kannte auch niemanden, der je so ein Tier im See gesehen hatte. Selbst die Erzählungen der alten Leute, die Winston kannte, berichteten nicht davon. Und trotzdem tauchte dort vor ihm im Licht des Vollmondes ein dunkler Buckel aus dem Wasser und verschwand wieder. Ein Delphin. Nur ohne Rückenflosse. Winston schüttelte den Kopf und nahm einen letzten Schluck aus der Bierdose. Die Feier bei Hanni war nett gewesen, aber er noch lange nicht so betrunken, dass er Delphine sah. Dort, ein paar Meter weiter rechts, sah er einen, er tauchte wieder auf, kurz vor der Vogelinsel. Dort durfte der gar nicht hin. Schien ihm egal zu sein. Aber es war ihm auch egal, dass er gar nicht hier sein durfte. Dass es ihn nicht geben durfte. Delphine waren gleichgültige Wesen.

Winston seufzte, warf die Dose neben die Parkbank, auf der er saß, setzte seinen grauen Hut auf und erhob sich. Zeit, nach Hause zu gehen. Es war nicht weit bis zu seiner Wohnung an der Schulstraße, aber weit genug, dass irgendwelche betrunkene, grölende Jugendliche ihn zusammenschlugen, einfach so, nur aus Spaß. Er würde sich vorsehen, keinem Jugendlichen und auch keinem Delphin über den Weg laufen. Vor beiden hatte er Angst. Winston war vorsichtig. Wie immer.

Dorothee Lassnick trat drei Schritte zurück. Nachdenklich sah sie auf ihr Bild. Und so langsam, wie sie begann, mit dem Kopf zu nicken, schlich sich ein Lächeln in ihre Mundwinkel. Ja, hier war das Licht perfekt, hier musste es hängen, hier kamen die Farben, die Nuancen zur Geltung. Sie sah weiter auf das Gemälde, strich sich abwesend durch ihre langen, leicht gewellten schwarzen Haare. Die Arme vor der Brust verschränkt beobachtete sie das Spiel des Lichts in den Vertiefungen und Höhen der Ölfarben auf der Leinwand, ein Schauspiel, das sie nie satt wurde.

„Wie lange braucht die denn noch? Hier sind noch einige andere Bilder, die wir aufhängen müssen." Leicht genervt wischte sich Sibille über das Gesicht.

„Sie hat gesagt, morgen hängt sie das Nächste auf."

Sibille entging nicht das leicht süffisante Lächeln von Petra, die neben ihr stand.

„Morgen? Die hat doch für das erste Bild schon drei Tage gebraucht, das klappt doch nie bis zur Eröffnung."

„Dann müssen wir die Eröffnung eben verschieben, sie ist es wert. Ihr werdet sehen, die Ausstellung wird ein Riesenerfolg und das Casa dadurch berühmt, nicht nur im Märkischen Kreis, nein, in ganz Nordrhein-Westfalen, quatsch, in ganz Deutschland. Sie ist es wert, glaube mir."

Sibille sah sie einen Moment verunsichert an, beeindruckt von ihrem Enthusiasmus. „Das geht nicht, die Einladungen sind gedruckt und verschickt, die Plakate hängen. Die muss sich jetzt beeilen, die kann nicht drei Tage brauchen, um ein einziges Bild aufzuhängen. Das würde noch Wochen dauern, das geht nicht. Außerdem halten meine Nerven das nicht aus", entschied sie. „Du bringst sie morgen zurück, dann übernehmen wir das Aufhängen, erzähl ihr meinetwegen was von Versicherungsgründen, mir egal. Morgen hängen wir die Bilder auf, sonst wird das nie was."

Petra nickte. Sibille hatte entschieden und war sauer, aber was sollte sie Dorothee sagen? Sie bestand darauf, dass ihre Bilder in einem perfekten Licht, in einem tadellosen Ambiente präsentiert wurden, egal, wie lange das dauerte. Und jetzt kam sie auf sie zu.

„Ich übernachte heute hier", lächelte Dorothee, „ich muss die Schwingungen des Bildes und des Lichtes auf mich wirken lassen. Dann kann ich morgen entscheiden, ob es dort bleibt."

Sibille legte den Kopf in den Nacken und verdrehte die Augen. „Das Casa ist kein verdammtes Hotel", murmelte sie leise. „Aber ja doch", sagte sie lächelnd zu Dorothee, „du kannst gerne auf der Bühne schlafen, wir treffen uns dann morgen zum Frühstück. In der Küche ist sicher noch eine Flasche guter Wein", strahlte sie die Künstlerin an und dachte mit Schaudern an die billige rote Plörre, die der Pizzabote mitgebracht hatte.

„Ich werde die Aura dieses Ortes genießen", lächelte Dorothee sie an, „nach dieser Nacht und einem veganen Frühstück weiß ich, wo das nächste Bild hängen muss. Bis morgen, ich freue mich!"

„Kann die nicht einfach tot umfallen", grummelte Sibille, als sie mit Petra das Casa verließ, „ihre Bilder haben wir doch."

„Manchmal hilft wünschen doch." Tonlos stammelte Petra diesen Satz in die Stille. Sibille schwieg. Gemeinsam standen sie vor der Bühne des Casa, eine Tüte mit Brötchen und eine große Schale Salat in den Händen.

„So hatte ich es nicht gemeint, wirklich nicht. Meinst du, ich bin schuld?" Sie starrten auf Dorothee Lassnick, die leblos auf der Bühne lag, die Augen weit geöffnet, der Mund nur ein wenig. Sie sahen kein Blut, wussten aber beide, dass diese Augen das Licht nie wieder sehen und ihr Mund es nie wieder kritisieren würden.

„Und jetzt?"

„Am besten rufen wir die Polizei."

„Das musst du machen, Petra, mein Handy ist alle."

„Wie kann ein Handy alle sein?"

„Der Akku, natürlich."

Ohne sich zu rühren standen beide vor der Bühne, die Blicke fest auf die leblose Künstlerin gerichtet, als könnten sie ihr dadurch neues Leben einhauchen.

„Schau mal, da steht die Weinflasche, die von dem Pizzaboten."

„Stimmt, und die ist fast komplett leer, da ist nur noch ein winziger Schluck drin", staunte Sibille.

„Meinst du, der Wein war so schlecht, dass sie an ihm ..."

„Glaube ich nicht. Ich weiß gar nicht, ob das möglich ist, ich probiere mal ganz vorsichtig."

„Besser nicht", beeilte sich Petra, „im Fernsehen sagen die doch immer, dass man nichts anfassen soll, wegen der Fingerspuren. Ich rufe jetzt die Polizei."

Sibille ging mit zittrigen Knien in die kleine angrenzende Küche und ließ Petra in Ruhe telefonieren.

„Sie kommen gleich, wir sollen alles so lassen, wie es ist."

„Hier steht noch eine zweite Flasche Wein." Irritiert hielt Sibille eine leere Flasche Weißwein in die Luft. „Meinst du, die hat die auch ..."

„Das reicht ja für einen netten Abend zu dritt. Wenn die tatsächlich beide Flaschen getrunken hat, ist, äh, war sie keine Anfängerin, das ist sicher. Ob diese Menge reicht, um zu sterben?"

„Keine Ahnung, vielleicht war sie auch krank? Ich glaube, da kommt die Polizei schon."

Ein leicht dicklicher Mann in einem grauen Anzug betrat als Erster die Kunstfabrik, gefolgt von Männern und Frauen, die weiße Schutzanzüge trugen. Der Dicke, dessen Haare sich auf die Seiten des Kopfes zurückgezogen hatten, kam auf Sibille zu und streckte ihr die Hand hin.

„Kriminalhauptkommissar Franz Cordes. Mit wem habe ich das Vergnügen?"

„Sibille Rose und das ist Petra Gonscheck, wir sind vom Vorstand des Casa, der Kunstfabrik." Dann erzählte sie, was bis heute vorgefallen war.

„Was können Sie mir über diese Dorothee Lassnick sagen, woher kennen Sie sie?"

„Der Kontakt ist über eine befreundete Galeristin aus Gelsenkirchen zustande gekommen, bei ihr hat Dorothee schon mehrfach ausgestellt. Ihre Bilder haben uns sehr gefallen, deshalb haben wir sie eingeladen, ihre Werke in Iserlohn zu präsentieren."

„Bitte geben Sie mir gleich noch den Namen der Galeristin. Können Sie mir sonst noch etwas über sie sagen, ihr privates Umfeld, Freunde, ihren beruflichen Hintergrund?"

„Nein, tut mir leid, wir haben sie ja erst gestern persönlich kennengelernt und wollten heute gemeinsam frühstücken, dabei hätten wir sicher mehr über sie erfahren."

„Gut, falls ich noch Fragen habe, rufe ich sie an." Damit wandte er sich seinen Leuten zu, die Spuren sicherten und fotografierten.

„Und jetzt?" Petra guckte Sibille fragend an, aber die zuckte ebenfalls nur mit den Schultern.

„Weiß nicht. Wir haben eine Leiche im Casa, die Ausstellungseröffnung wird, nun ja, etwas anders aussehen, ob uns das weiterbringt oder wir deshalb den Bach runtergehen, weiß ich nicht."

„Das wird uns weiterbringen." Petra schaute, als hätte sie eine Erleuchtung. „Die Werke von toten Künstlern verkaufen sich immer besser als die von lebenden. Also, lass uns neue Preisschilder machen und im Vertrag die Provision erhöhen."

2

Mürrisch rollte er sich auf die Seite und verzog schlaftrunken den Mund. Er versuchte, sich an gestern Abend zu erinnern. Er hatte Bier getrunken, hier, zuhause, einfach so, ohne Grund. Zu viel? Der Pelz in seinem Mund schien dafür zu sprechen. Auch der Druck auf seiner Blase. Er hatte keine Lust, aufzustehen, seufzte tief und drehte sich auf den Rücken. Dann griff er mit seiner Rechten zum Tabak auf dem Nachttisch und drehte sich eine Zigarette. Die Krümel auf der Bettdecke würde er gleich wegwischen. Er ließ sein schwarzes Zippo aufschnappen, steckte das Lungenbrötchen in Brand und nahm einen tiefen Zug. Genüsslich schloss er die Augen, als er den Rauch in Richtung Zimmerdecke stieß. *Du sollst nicht im Bett rauchen*, hatte seine Mutter früher gesagt, *die Asche, die runterfällt, könnte deine sein.* Er lächelte, als er an sie dachte. Fünf Jahre war sie schon tot, friedlich eingeschlafen. Er nahm noch einen tiefen Zug, dann drückte er die Selbstgedrehte im Aschenbecher auf dem Nachttisch aus. Mit beiden Händen fuhr er sich durch die fast schwarzen, leicht gewellten Haare, schlug die Bettdecke zurück und sah auf seinen Bauch. *Zu fett*, dachte er, auch wenn es nur eine kleine Speckrolle war. Seine Kopfschmerzen meldeten sich mit einem dumpfen Hämmern, als er sich aus dem Bett schwang. Nackt, wie er war, schmiss er in seiner kleinen Küche die Kaffeemaschine an, bevor er unter die Dusche ging.

Er nahm den ersten Schluck von dem schwarzen Muntermacher, als sein Telefon schellte. „Schmidt", knurrte er ungehalten. Er hasste es, so früh gestört zu werden. Auch, wenn er hoffte, dass ein Auftrag winkte, sein Bankkonto schrie danach.

„Chr, chr ..."

Das Gekrächze erinnerte ihn an jemand. Wer sagte so „Guten Morgen"?

„Chr, chr ..."

Drago! Ivan Drago! Winston Schmidt hatte schon einmal für ihn gearbeitet, und daran erinnerte er sich nur ungern. Sicher, er hatte gut und pünktlich bezahlt, was man nur von den wenigsten seiner Mandanten sagen konnte. Aber der Rest, die Umstände, der Typ ...

„Chr, chr ..."

„Morgen, Herr Drago. In einer Stunde im *Fuchs & Hase*?"

„Chr, chr ..."

„Gut, bis gleich."

Er schaute aus dem Fenster seiner Wohnung auf das alte Schulgebäude gegenüber. Es war trocken und leicht windig, er würde zu Fuß gehen. Vor dem Treffen noch etwas durch die Stadt schlendern, das machte den Kopf frei und brachte den Kreislauf in Schwung, der Kaffee allein schaffte es nicht. Er nahm sein Jackett vom Haken und zog es über sein weißes Baumwollhemd und die dunkelgraue Weste. Auf dem Weg nach draußen grüßte er noch die wie immer übelgelaunte Nachbarin. Über die Friedrichstraße schlenderte er Richtung Fußgängerzone. Vorbei an den türkischen Läden, dem Friseur, den kleinen alten Häusern auf der linken Seite. In all dem Grau fiel ihm ein Laden auf, den er noch nicht gesehen hatte. Pastellfarbene Reklame und ebenso der Anstrich des Ladens. Waffeln wurden dort angeboten, in allen Variationen. *Muss neu sein*, dachte er und bekam Hunger auf eine Waffel. Winston Schmidt entschied sich, weiterzugehen, die Waffel würde er später kaufen.

Die Wermingser Straße war noch nicht auf Betriebstemperatur. Paketdienste belieferten die Geschäfte, einige Fußgänger gingen umher, die meisten den Kopf gesenkt, angesogen vom Bildschirm ihres Smartphones. Er hatte noch Zeit, ging die Unnaer Straße hinunter. Auch hier hatte sich viel verändert in den zwanzig Jahren, die er in Iserlohn wohnte. Etliche ältere Geschäfte hatten geschlossen, wegen des Internets oder mangelnder Nachfolger oder warum auch immer. Er drehte um, ging hinauf zum Marktplatz und von dort zur Wasserstraße. Sollte Drago noch nicht da sein, hatte er Ruhe für einen Kaffee. Er war bereits da, stellte er fest, als er eintrat.

In den hintersten Winkel hatte er sich verzogen, an einen kleinen braunen Tisch. Winston hätte lieber draußen gesessen, in der Sonne, es waren noch genug Plätze frei. Der fast schwarze Kinnbart von Drago war deutlich länger geworden, er trug einen dunklen Filzhut mit breiter Krempe und eine alte, braune Lederjacke über einem ausgebeulten Sweatshirt. Seine Augen flitzten von links nach rechts, manchmal drehte er den Kopf, als sei jemand hinter ihm her, verfolgte ihn.

„Morgen, Herr Drago." Winston zog den Stuhl vom Tisch und setzte sich so, dass er den gehetzten Mann zum restlichen Lokal hin abschottete. Was völlig unnötig war, der Raum war fast leer, die meisten Gäste saßen auf der Terrasse.

„Die wollen sich rächen, *chr*, rächen wollen die sich." Die Augen bewegten sich noch schneller, keine Frage, der Mann stand unter Stress. Unter gewaltigem Stress. Er sah aus wie ein gehetzter Raubvogel. Winston machte sich nicht die Mühe, nach *die* zu fragen, er würde es ihm schon erzählen.

„Ein Engel hat es mir erzählt, die wollen mir die Fabrik wegnehmen, *chr*, ich weiß es genau."

Stimmt, Engel, er hatte diesen verdrehten religiösen Tick. Oder war einfach irre. Stand aber mitten im Leben, der Architekt. *Wie schafft man das*, fragte sich Winston beiläufig, *irre zu sein und geschäftstüchtig*?

„Aber das werden sie nicht schaffen, *chr*, ich gehöre nicht mehr zu denen, das wissen die doch, ich bin aus dieser Scheißgesellschaft ausgetreten, schon vor Jahren, *chr*."

Richtig, ein politischer Spinner war er auch noch, damals schon.

„Also, *chr*, das Honorar wie damals, nehmen Sie den Auftrag an, *chr*?"

Winston winkte nach der Bedienung und bestellte einen Pott Kaffee und ein Mettbrötchen, Ivan Drago schüttelte nur den Kopf, als er die junge Frau ansah, was sie mit einem Schulterzucken quittierte. Als sie außer Hörweite war, wiederholte Drago seine Frage.

„Wenn Sie mir jetzt noch sagen, worin der genau besteht, gebe ich Ihnen eine Antwort."

Winston war leicht gereizt und hätte gerne eine geraucht. Die Augenzuckungen seines Gegenübers wurden krampfhafter, auf der Stirn hatte sich Schweiß gebildet und er drehte die nicht vorhandene Tasse Kaffee immer schneller zwischen seinen Fingern. Ivan Drago streckte den Kopf nach vorn und winkte Winston mit einem Finger heran, so wie die Hexe bei Hänsel und Gretel.

„Na, verdammt noch mal, die Schweine finden, die mir meine Fabrik wegnehmen wollen. Das müssen Sie beweisen, warum die meine Fabrik haben wollen. Ich weiß es ja, aber weil ich aus Deutschland ausgetreten bin, kann ich den Engel nicht als Zeugen laden, verstehen Sie?" Flehentlich blickte Drago ihn an.

Winston verstand. Sein Auftraggeber war irre und drohte mit einer Menge Geld. Das konnte nur schiefgehen.

„Ja, ich nehme den Auftrag an. Aber wen haben Sie in Verdacht?"

„Na, die Schweine, dir mir diese Leute auf den Hals gehetzt haben, damit die mich fertigmachen. Fluchtwege und so einen Quatsch, alles da, kein Problem. Die wollen meine Fabrik, das ist alles, und das weiß auch der Engel, das hat er mir bestätigt." Drago ließ das anschließende Schweigen in der Luft hängen, während Winston einen Schluck Kaffee nahm und gedankenverloren in das Mettbrötchen biss. Er hatte in der Zeitung von der Auseinandersetzung zwischen Drago und der Stadt gelesen. Aus einem Gespräch mit dem zuständigen Redakteur wusste er auch, dass die Stadt so handeln musste, die treibenden Kräfte blieben im Dunkeln. Diese alte Fabrik war ein riesiger Backsteinbau mit mehreren Gebäuden und einem verwinkelten Innenleben, in dem vor allem Menschen am Rande der Gesellschaft lebten. *Soll doch froh sein, wenn ihm einer diesen Bau abnehmen will*, dachte er sich. Aber sein Auftraggeber war rationalen Argumenten nicht immer aufgeschlossen. Tatsächlich hing er wohl an dem alten Gemäuer und den Bewohnern.

„Was wollen denn die Leute mit der Fabrik machen?", fragte Winston betont beiläufig.

„Das hat mir der Engel auch gesagt", und winkte Winston verschwörerisch wieder zu sich heran, „und deshalb ist er mir auch erschienen, sehr zornig. Sie wollen aus der Fabrik einen riesigen Puff machen, das größte Bordell im Sauerland, aus meiner Fabrik, können Sie sich das vorstellen?"

Konnte Winston nicht. Was sollte ein Riesen-Puff in Iserlohn? Das würde die Bürgerschaft auf die Barrikaden treiben, und wie! Und die Hintermänner und -frauen als Luden? Gab es überhaupt weibliche Zuhälter? Dieser Auftrag fing so an, wie der letzte von Drago geendet hatte. Aber vierhundert Euro pro Tag waren eine Stange Geld.

„Klar, ich hänge mich sofort rein und melde mich, sobald ich etwas Neues weiß, wie immer."

Drago nickte heftig und grinste erfreut, während ihm sein fettiges Haar auf die Stirn schwippte. „Dann ist alles gut, dann kriegen wir sie, die verdammten Schweine."

Ganz so optimistisch war Winston nicht. Er hatte keine Ahnung, wen er als Zuhälter überführen sollte.

Marianne Wedler legte den altmodischen Hörer auf. Sie wusste genug. Und lächelte. Die Lösung all' ihrer Probleme schien nah. Nah genug, um zu feiern. Der Konzern zeigte Interesse. Sie ging zum Kühlschrank, nahm den Stopfen von der Sektflasche und goss sich ein Glas ein. Kurz hatte sie ein schlechtes Gewissen, weil es erst Mittag war, aber dann wischte sie ihre Bedenken beiseite. Sie hatte definitiv einen Grund, sich zu freuen. Sie lächelte und genoss das kalte Prickeln auf ihrer Zunge. Der Erfolg war greifbar nah. Es gab nur noch ein Problem zu lösen, und das hatte sie gerade in die Wege geleitet. Sie schaltete die Stereoanlage ein und legte die CD von Iggy Pop ein. Noch ein Schluck Sekt und sie tanzte barfuß und lächelnd zur Musik von *Passenger* auf den Holzdielen des Wohnzimmers. Bald würde alles hinter ihr liegen und sie sich das Leben leisten, das sie leben wollte. Sich fühlen wie ein Passenger, la, la, la, la, la, la, la, la, laaa ... Ihre langen braunen Haare wiegten sich im sanften Schwung ihrer Bewegungen, wie damals, im *Stage* in Gladbeck, ihre Arme kreisten sanft und anmutig in der Luft, die Musik und ihre Lust steuerten sie, und sie genoss es. Lange hatte sie sich nicht so frei gefühlt wie in diesem Moment. Es bedeutete ihr nichts, dass sich schon bald vieles verändern könnte. Sie tanzte.

Ab an die Basis. Winston Schmidt fuhr in seinem alten grauen Buckelvolvo zu der heruntergekommenen Fabrik. Er hatte vor, sich unter die Bewohner zu mischen, mit ihnen zu sprechen. Was ihm schnell gelang. Bereits auf der Straße standen die ersten, unterhielten sich, tranken Bier. Und rauchten. Rauchen schien hier Kernkompetenz zu sein. Winston bot Tabak und Filterzigaretten an. Ein dicker Mann mit langen grauen Haaren und einem ebenso grauen Vollbart näherte sich langsam, in der rechten Hand eine Flasche Bier. Mit der anderen zeigte er auf Winstons Auto.

„'nen 544?"

Verdutzt drehte er sich zu dem Mann um. „Ja, ein PV 544, 61er Baujahr."

„Ich hatte mal den 444L, in Rot, verdammt feines Auto, habe ich sehr drangehangen, in einem früheren Leben."

Winston bemerkte den Schimmer in den braunen Augen des Mannes und konnte sich nur schwer vorstellen, dass der mal einen solchen Oldtimer besessen hatte. Die Jeans ausgeblichen, der braune Plastikgürtel fast durchgerissen, die grauen Billigturnschuhe abgewetzt. Das grüne Flanellhemd, in dem sich der mächtige Bauch wölbte, hatte ebenfalls schon wesentlich bessere Zeiten gesehen.

„Schon lange her?"

Der Mann nickte. Winston hätte gerne nachgehakt, was ihm passiert, wie er in diese Lage gekommen war. Er traute sich nicht, wollte nicht in alten Wunden wühlen. Ihm war der Kerl sympathisch, warum auch immer. Er hielt ihm seine Zigarettenpackung hin, aus der sich der Grauhaarige bediente. Winston gab ihm Feuer und steckte sich auch eine an. Der Grauhaarige nahm einen Schluck aus der Flasche und sagte nur „Hannes", als er sie absetzte.

„Winston."

„Bin krank geworden.", erklärte der Mann, als hätte er Winstons Neugier gespürt. „Hat lange gedauert, Jahre, Schmerzen, überall. Hat kein Arzt gefunden, die Ursachen, nur Hammer-Medikamente haben geholfen. Aber die machen dich matschig, dämpfen dein Hirn, du hängst nur noch rum, kannst nicht mehr arbeiten. Zwei Jahre hat es gedauert, dann war mein Ingenieurbüro dahin, über die Wupper, fertig, und ich in Hartz Vier. Kommste nicht mehr raus, über fünfzig und krank, kannste vergessen." Er nahm noch einen Schluck von seinem *Oettinger*.

Winston nickte. Die arme Sau tat ihm leid. „Ich hab gehört, jetzt wollen sie euch auch noch die alte Fabrik wegnehmen, ist da was dran?"

Unter dem Vollbart schnaubte der Mund des Mannes verächtlich. „Da sind 'ne Menge Leute dran, nicht nur einer. Da gibt es so einige, die sich das Ding unter den Nagel reißen wollen. Aber bisher ist Ivan immer standhaft geblieben. Und ich hoffe, er hält durch, sonst sind 'ne Menge Leute hier am Arsch."

„Wer will denn hier was Anderes aufziehen, hast du davon was gehört?"

Der dicke Grauhaarige kniff die Augen zusammen. „Wer bist du eigentlich? Ich habe dich hier noch nie gesehen, und du interessierst dich ein bisschen plötzlich für die Fabrik. Dass du keiner von uns bist, sehe ich, so mit Weste und Jackett und altem Volvo."

„Ich arbeite für Ivan Drago", gab Winston zu, um das Misstrauen des Mannes zu beseitigen, „er will genau wissen, wer alles die Finger im Spiel hat."

„Ach, so 'ne Art Schnüffler, das ist ja mal aufregend", lächelte der Mann. „Da kann ich dir 'nen bisschen was erzählen, Kollege, aber nicht hier auf der Straße. Was hältste davon, wenn du morgen Abend wiederkommst, mit 'ner leckeren Kiste Krombacher in deinem Volvo, ich hätte zufällig Zeit."

Winston gefiel das belustigte Grinsen im Gesicht von Hannes. „Geht klar, sag deiner Sekretärin Bescheid, damit die mich durchlässt." Er reichte Hannes die Hand, die dieser erstaunlich fest drückte. Sein neuer Kollege musste früher viel gearbeitet haben. Und er wusste, dass die Kopfschmerzen von heute Morgen sich bald wiederholen würden.

Jürgen Bordenski. Der schien seine Finger ganz dick in diesem mysteriösen Geschäft zu haben. Winston hoffte, ihn bald zu treffen, Hannes wollte das arrangieren. Als kleinen Dank und damit er ihn auch erreichen konnte, hatte er ihm ein Handy geschenkt. Jetzt griff er selbst zum Telefon.

„Hallo Jörg! Sag mal, kannst du mir einen Gefallen tun und in deiner Datenbank nach einem Jürgen Bordenski suchen? Wie, brauchst du gar nicht? Und wieso sollte ich den auch kennen? Ist das eine feste Größe in der Iserlohner Szene?" Winston pfiff leise durch die Lippen. „Ist ja interessant, danke dir. Ja, wir treffen uns bald mal wieder, mach's gut."

Jörg hatte recht, er hätte ihn kennen müssen, bei dem, was bei diesem Bordenski alles zusammenkam. Chef einer Rockergang, Drogenhandel, Gewaltdelikte, Erpressung, das waren einige Jährchen im Knast, wenn man ihm etwas hätte nachweisen können. Winston kräuselte die Stirn. Er wusste gar nicht, dass es in seiner Stadt noch eine Rocker-Szene gab, er kannte nur die Gruppe, die ihr Clubheim an der Mendener Landstraße hatten. Aber er würde den Chef der anderen bald treffen. Winston schmiss seinen Computer an und suchte nach dem Club. Tatsächlich, sie hatten eine eigene Seite, die *Indians*. Und offensichtlich Nachwuchsprobleme, die Gesichter auf den Seiten waren alle älteren Kalibers. Na gut, neben einem wirren Auftraggeber hatte er es jetzt noch mit Rockern zu tun. Und Zockern. Morgen Abend startete in einem der Räume der alten Fabrik ein Spiel, und er, Winston Schmidt, war dabei. Hannes hatte das eingefädelt und sich für ihn verbürgt. Natürlich hatte er ihn nicht als Detektiv vorgestellt, einfach als Geschäftsmann. Wer außer Bordenski noch dabei sein wird, wusste er nicht, war auch nicht wichtig. Bestimmt niemand, den er kannte.

3

Karl Peters seufzte tief. „Weißt du, mir passt das nicht, das läuft in eine Richtung, die nicht meine ist. Ich habe schon jetzt kein gutes Gefühl mehr bei der ganzen Geschichte."

„Kann ich ja verstehen, Karl, aber die Dinge laufen. Und du warst doch damit einverstanden."

„Ja, Horst, war ich, aber es ist alles anders geworden. Und wird wohl noch teurer, als wir dachten."

Die beiden alten Männer hoben ihre Pilstulpen in die Höhe und prosteten sich zu. Sie saßen an diesem Abend allein im Schankraum ihres Schützenvereins.

„Wegen der Kosten müssen wir uns noch mal zusammensetzen, das darf nicht aus dem Ruder laufen. Die Belastung wird für jeden schon hoch genug."

„Es sei denn, wir nehmen noch zwei, drei Leute dazu. Ich bin sicher, dass der ..."

„Nein!", schnitt ihm Horst entschieden das Wort ab. „Mehr Leute dürfen davon nicht wissen, wir müssen uns absolut vertrauen können. Schließlich haben wir fünf doch den ganzen Verein aufgebaut, in den Sechzigern. Wir sind der Kern, wir machen das Geschäft."

„Da kommen die anderen."

Die Tür zum Parkplatz öffnete sich und drei alte Herren betraten den Schankraum. Willi Sauermann, Egon Kaczinski und Hugo Weier, so wie die anderen Schützenbrüder Ende siebzig, Anfang achtzig. Sie setzten sich an den Vorstandstisch. Horst Behrend und Karl Nelles gingen mit ihren Gläsern in den Händen hinüber. Nach einer knappen Begrüßung ergriff wie immer der ehemalige Unternehmer Willi Sauermann das Wort.

„Das dauert mir alles viel zu lange, Kollegen. Wir müssen was tun."

Die anderen schwiegen einen Moment, bevor Karl Widerspruch wagte.

„Wir hatten doch besprochen, wie wir vorgehen, einstimmig."

„Ja, aber das ganze Verfahren zieht sich, und so viel Zeit haben wir alle nicht mehr. Wir wollen doch die neue Halle noch erleben, oder?"

Die Erinnerung an ihr Alter machte sie nachdenklich.

„Was schlägst du vor?" Egon Kaczinski war sicher, dass Willi Sauermann, dieser drahtige weißhaarige Mann mit den lebendigen blauen Augen, nichts gesagt hätte, wenn er nicht schon einen Plan im Kopf hätte.

„Wir müssen Druck machen. Dieser Drago ist einfach kein Geschäftsmann, keine Ahnung, warum der unser Angebot nicht annimmt. Unser großzügiges Angebot", betonte er mit erhobenem Zeigefinger.

Die anderen nickten. Auch wenn sie alle nicht unvermögend waren, den Großteil der Summe für den Kaufpreis würde Willi aufbringen.

„Wir müssen noch einmal mit ihm sprechen, eindringlich. Wir müssen den Druck erhöhen, verdammt, bevor ein anderer zum Zuge kommt. Wir werden ihn bedrängen, unter Druck setzen. Und ich weiß auch schon, wie."

Winston Schmidt zählte die Scheine noch einmal durch. Tausend Euro mussten für heute Abend reichen, seine letzten Reserven. Und was, wenn er die ganze Kohle verlor? Er fuhr sich mit der rechten Hand durch die Haare. Ob er die Summe als Spesen bei Drago abrechnen konnte? Ja, er musste das bezahlen. Aber verdammt peinlich würde das schon, als Verlierer dazustehen. Das Telefon riss ihn aus seinen Gedanken, die Nummer im Display sagte ihm nichts.

„Schmidt."

„Guten Tag, Herr Schmidt, Sauermann hier. Ich habe einen Auftrag für Sie, haben Sie Zeit?"

Der Name Sauermann sagte ihm nichts. „Worum geht es denn?"

„Ich brauche Informationen über Ivan Drago, belastende Informationen, die in der Öffentlichkeit standhalten."

Drago. Schon wieder Drago. Warum interessierte sich jetzt halb Iserlohn für den Kerl?

„Wir sollten uns treffen, Herr Sauermann, haben Sie heute noch eine halbe Stunde Zeit?"

„Um dreizehn Uhr im Danzturm." Das Gespräch war beendet. Vielleicht ließe sich etwas über Drago herausfinden, was den Mann interessierte. Dass er Ivan kannte, musste der nicht wissen.

„Männer, ihr wisst, worum es geht. Wir werden diesen Kerl morgen Abend besuchen. Und ihm klarmachen, dass wir eine Entscheidung wollen. Zu unseren Gunsten. Die Familie will eine Entscheidung."

Die sechs Männer in dem verräucherten Raum nickten stumm. Sie standen an der Theke ihres Clubhauses, ihr Präsident in der Mitte des Raumes. Der war zugegeben nicht so groß, aber das war der Club *MC Indians* auch nicht mehr. Alle waren sie

Mitte fünfzig, trugen schwarze Biker-T-Shirts, Jeans und Stiefel. Um ihre Nacken baumelten silberne grobe Ketten, zwei der Rocker hatten eine Glatze, die anderen die grauen Haare zu einem Zopf zusammengebunden. Die Theke bestand aus Knüppelholz, die Barhocker davor hatten schon bessere Zeiten erlebt. Es verteilte sich nur wenig Licht in der verrauchten Luft, die Fensterläden waren geschlossen. Es ging niemanden etwas an, was hier geschah. Auch, wenn es bisher niemanden interessiert hatte, was in dieser kleinen Hütte am Rande des Lägertals vor sich ging.

„Also, morgen Abend um acht sitzen wir auf. Und dann heizen wir ihm ein."

Er versuchte, cool zu bleiben, war sich aber sicher, dass jeder am Tisch den Schweiß auf seiner Oberlippe sehen konnte. Lächelte da jemand höhnisch? Dieser verdammte Bordenski war die Ruhe in Person. Keine Miene verzog er, kein Mundwinkel, die in seinem grauschwarzen Bart verborgen waren, zuckte auch nur. Selbst die vielen bunten Euroscheine vor ihm auf den Tisch schienen ihn nicht im Geringsten zu kümmern.

Fünf Karten lagen offen auf dem Tisch, und Bordenski war es, der einen weiteren grünen Hunderter in die Tischmitte schob. Winston ging mit, jetzt hatte er noch dreihundert Euro vor sich. Gar nicht im Griff hatte sich die Kandidatin. Ihr Gesicht zuckte, die Kiefer mahlten, die Finger nestelten ständig am Hemdkragen, die Stirn schweißnass. Sie war pleite. Und stand offenbar bei Bordenski in der Kreide. Auf ihren letzten flehentlichen Blick hatte der jedoch mit einem fast unmerklichen Kopfschütteln reagiert – aus, es gibt nichts mehr, keinen Kredit. Bordenski erhöhte um einen weiteren Hunderter, Winston ging mit, die Politikerin wollte auch.

„Mitgehen oder passen", murmelte der vierte Mann am Tisch, ein fettleibiger und scheinbar wohlhabender Türke. Sie griff in die rechte Tasche ihrer Jacke, die über der Stuhllehne hing. Ihre Mundwinkel zuckten fast unkontrollierbar, als sie die Amtskette des Bürgermeisters in die Mitte des Tisches legte. *Verdammt, wie kommt die denn an dieses Ding?* Winston war völlig überrumpelt. Einen Moment, einen ganz kurzen Moment ließ sich selbst der so coole Bordenski seine Überraschung anmerkte.

„Sehen!", befahl er mürrisch und legte als Erster eine Dame auf den Tisch. Die Kandidatin folgte mit einem Buben, Winston mit einer zehn. Bordenski legte seine letzte Karte auf den Tisch, eine acht. Zwei Paar. Er hatte zwei Paar. *Zu wenig, mein Freund*, dachte Winston Schmidt grimmig. Die Kandidatin lächelte entspannt und freute sich, als sie den nächsten Buben langsam ablegte. Ein Drilling. Jetzt zelebrierte Winston seine letzte Karte, wieder eine Zehn. Full House. Ein Drilling und ein Paar, das höchste Blatt am Tisch. Er streckte sich nach vorn und strich die Geldscheine und die Amtskette genussvoll mit einem breiten

Grinsen ein. Fassungslos, mit offenem Mund sah die Kandidatin, wie das Symbol ihrer erträumten Macht den Besitzer wechselte.

„Ich steig' aus", entschied Winston, stopfte Scheine und Kette in die Taschen seines Jacketts, stand auf und richtete seine Weste.

„War mir ein Vergnügen", nuschelte er, bevor er die rostige Eisentür hinter sich schloss und den spärlich beleuchteten Gang hinunterging, der bis zu dem Flur mit den Wohnungen der Mieter führte. Er atmete einmal tief durch und klopfte dann an die Tür von Hannes.

„Na?"

„Ganz gut gelaufen, glaube ich. Zumindest kenne ich jetzt Bordenski und die Kandidatin."

„Hat die wieder verloren?", lachte Hannes und setzte sich auf das Sofa hinter seinem dunkelbraunen Tisch. Winston blieb stehen und grinste, so breit er konnte, als er die Amtskette aus der Tasche zog und in die Höhe hielt.

„Sieht so aus."

Hannes schüttelte lachend den Kopf, während Winston einen Fünfzig-Euro-Schein auf den Tisch legte.

„Bis bald!"

„Ich hab' noch was für dich", hielt ihn Hannes zurück, „dieser Drago ist zwar ein Spinner, aber hat wohl den richtigen Riecher. Hier krauchen schon wieder ein paar Leute rum, die das Schild *Investor* quasi auf der Stirn tragen. Man munkelt, die wollen hier ein Altersheim aufziehen. Ist auf jeden Fall noch eine Gruppe, die eine andere Fabrik will."

Winston legte noch einen weiteren Fünfziger auf den Tisch und verließ nachdenklich die Wohnung.

4

„Das wäre doch auch was für uns, da hätten wir super Möglichkeiten, Kursräume und Ateliers ohne Ende."

Petra schaute fragend Sibille an. „Was meinst du? Womit hätten wir Möglichkeiten? Ist doch alles gut am Schleddenhofer Weg, die Miete ist niedrig und der Platz reicht doch aus. An was denkst du denn?"

Gemeinsam schlenderten sie an dem heruntergekommenen Christophery-Gebäude lang, eine Gegend, die nicht unbedingt zu einem Spaziergang einlud. Genüsslich legte Sibille den Kopf in den Nacken. „An was denke ich wohl? Schau doch mal auf die andere Straßenseite. Wie denke ich? Niemals klein! An die alte Fabrik da drüben denke ich, die wäre ideal für uns, expandieren ohne Ende, Kurse, Workshops, Seminare, da könnten wir völlig neue Wege einschlagen. Das wäre eine völlig neue Dimension, da würde aus der Kunstfabrik eine, nein, *die* Kunst-Fabrik!"

Nachdenklich sah Petra hinüber zu dem riesigen Backsteinbau auf der anderen Seite. „Bist du dir sicher? Dieser riesige Komplex, was sollen wir damit? Und, vor allem, wie sollen wir den finanzieren? Wir bekommen doch kaum die Miete für unsere jetzigen Räume zusammen. Hast du irgendeine Ahnung, was das kosten würde? Wie sollen wir das denn stemmen? Und damit meine ich nur die monatlichen Belastungen, die müssen doch astronomisch sein, vom Kaufpreis ganz zu schweigen. Das ist doch Wahnsinn!"

Sibille lächelte entspannt. „Es ist ganz einfach, wir brauchen eine Galerie. Eine neue Galerie. Die in der Altstadt ist abgebrannt, also können wir in die Bresche springen und die Lücke füllen. Der Markt ist da, und mit den Einnahmen aus der Galerie, den vielen Kursgebühren und den Mieten für die Ateliers ist das ein Kinderspiel. Wir können uns die Fabrik leisten, ganz sicher, Petra."

„Also, ich bin jetzt ganz einfach mit deiner Idee überfordert. Hast du das schon lange im Kopf?" Petra fühlte sich erschöpft und versuchte, ihre Gedanken zu ordnen. „Wenn du das ernst meinst, dann müssen wir das mit dem gesamten Vorstand besprechen. Und, was noch viel wichtiger ist, von irgendjemanden durchrechnen lassen, der sich damit auskennt, einem Steuerberater oder so."

„Das machen wir", nickte Sibille. „So oder so, aus der Kunstfabrik wird eine Kunst-Fabrik."

Er schob seine rechte Hand wie Napoleon unter das Revers, drückte die Brust raus und guckte streng in den großen Spiegel in seinem Flur. Ja, sie stand ihm gut, die Amtskette des Bürgermeisters. Winston grinste bei dem Gedanken, dass die Kandidatin vor seiner Tür stehen und die Kette auslösen würde. Der Bürgermeister konnte ja schließlich beim nächsten offiziellen Termin nicht mit einer Knoblauchkette um den Hals auftreten. Obwohl ... er überlegte, wie viel er für die Kette verlangen sollte. Geld, Informationen und ein paar Gefälligkeiten wären eine gute Kombination. Ein erfolgreicher Abend, und Geld hatte er auch noch gewonnen. Er hatte bei *B&U* ein schönes Jackett mit einer passenden Weste gesehen, das würde er sich morgen kaufen. Und die teuren schwarzen Lederschuhe bei *Hammerschmidt*. Er warf noch einen prüfenden Blick in den Spiegel und war zufrieden. Für seine sechsundvierzig Jahre machte er noch etwas her, der leichte Bauchansatz störte ihn nicht. Seine Ex-Frau hatte ihn sogar gemocht. Seine Figur war noch kräftig, seine braunen Augen klar und die Zähne blendend weiß. Nur seinen geliebten Tabak hatte er sich noch nicht abgewöhnen können, der begleitete ihn schon seit dem Zivildienst.

„Hält mich wenigstens schlank, die Qualmerei",
murmelte er. Er nahm die goldene Amtskette ab,
legte sie in seinen Schrank und machte sich ein Bier
auf. Es war schon fast zwei Uhr, der Pokerabend
hatte sich hingezogen. *Eine merkwürdige
Kombination, die Kandidatin und der Rocker-Chef,*
dachte er nach dem ersten kühlen Schluck. Die
beiden kannten sich, das war klar. Die Blicke, die
kleinen Gesten, die beiden verband etwas.
Machten sie gemeinsame Geschäfte? Und welche?
Hatte die Kandidatin Schulden bei Bordenski? Bei
der Pokerrunde schien es so. Und hatte der sie
deshalb in der Hand? Konnte der kriminelle
Rocker dadurch Einfluss auf die zukünftige Politik
nehmen, falls sie die Wahl gewann? Auf
Entscheidungen, die die ganze Stadt betrafen? Eins
war sicher, die Amtskette würde für die
Kandidatin teuer werden.

Nachdenklich legte Marianne Wedler das
Telefon zurück auf den Couchtisch. „Da ist noch
jemand, der sich für die Fabrik interessiert."

„Das hört ja gar nicht mehr auf", stöhnte Ivan
Drago. „Wer ist es denn diesmal? Bitte keine
senilen Schützen, religiöse Eiferer oder andere
Irrgeleitete mehr.

„Es war eine Frau Rose von der Kunstfabrik Casa
b, sie schien Feuer und Flamme."

„Künstler haben mir in der Reihe noch gefehlt.
Und mit Feuer und Flamme kann man viel Geld

verbrennen. Ich werde Winston bitten, sich diesen Verein und diese Frau Rose anzusehen. Aber stand nicht erst kürzlich etwas über die Kunstfabrik im Kreisanzeiger? War da nicht etwas?"

Marianne nickte. „Ein Mord. Eine Künstlerin ist dort umgebracht worden. Was daraus geworden ist, weiß ich aber nicht."

„Ich rufe ihn gleich mal an, Mord und Totschlag in der Kunstfabrik, das wird ja immer besser. Und jetzt wollen die auch noch zu mir."

Sein Handy weckte ihn schon um halb sieben. Verschlafen blickte er auf das Display, die angezeigte Nummer sagte ihm nichts.

„Schmidt."

„Guten Morgen, Herr Schmidt, Wedler hier, Marianne Wedler. Ich bin die Lebensgefährtin von Ivan Drago."

Winston erinnerte sich dunkel, dass er mal von ihr gesprochen hatte. Eine weiche, angenehme Stimme, in die sich ein Schuss Panik gemischt hatte.

„Ivan ist verschwunden, Sie müssen ihn suchen."

„Bin in einer Stunde bei Ihnen." Er legte auf und schwang sich aus dem Bett. Eine Stunde war mehr als genug Zeit, auch, um sich Gedanken zu machen.

Er schellte am eisernen Tor der renovierten alten Direktorenvilla. Ein grünes Rondell und eine kreisförmige weiße Kiesauffahrt trennten ihn neben dem hohen Zaun von dem verschnörkelten Prachtbau an der Gartenstraße. Wer „Chr-chr-Drago" flüchtig kennt, bringt ihn kaum mit einem solch herrschaftlichen Zuhause in Verbindung. Das Tor öffnete sich mit einem leisen metallischen Quietschen, Marianne Wedler erwartete ihn in der geöffneten, schweren dunkelbraunen Holztür. *Eine sehr attraktive Frau*, dachte Winston, als er auf sie zuging. Schulterlange brünette Haare, schlank, etwa sein Alter, in einem blauen Kleid und hohen Schuhen. Als Schmuck trug sie nur eine silberne Kette und eine zierliche, funkelnde Armbanduhr.

„Bitte kommen Sie herein."

Sie führte ihn in ein Arbeitszimmer, das von einem dunklen, bis an die Decke reichendem Bücherregal und einem dazu passenden, ebenso altem wie wuchtigen Schreibtisch dominiert wurde. Er nahm in dem nicht minder repräsentativen Stuhl vor dem Schreibtisch Platz, ein Glas Wasser stand bereits vor ihm.

„Er war seit gestern Nachmittag nicht mehr zu Hause, hat weder angerufen noch seine Termine abgesagt", kam sie sofort zur Sache. „Ich erreiche ihn nicht, sein Handy ist ausgeschaltet. Freunde und Bekannte habe ich schon angerufen, niemand hat ihn gesehen oder von ihm gehört.

„Waren Sie schon bei der Polizei?"

„Ja, sie haben eine Meldung aufgenommen, mir aber nicht viel Hoffnung gemacht, da er sich aufhalten dürfe, wo er wolle. Solange es keinen Hinweis auf ein Verbrechen gäbe ..."

Winston nickte. „Es wäre hilfreich, wenn Sie mir Namen und Adressen von Freunden geben könnten, auch Orte, an denen er sich öfter aufhält."

Sie zog die Schreibtischschublade auf, holte eine ausgedruckte Liste hervor und legte sie Winston auf den Tisch.

„Die habe ich heute Nacht für die Polizei gemacht.

Durchstrukturiert, die Frau, die fackelt nicht lange, dachte Winston und sah sich die Punkte an.

„Ich nehme nicht an, dass die Polizei alle Adressen und Orte anfahren wird, deshalb fahre ich jetzt los. Zuerst die Orte, an denen er sich aus welchem Grund auch immer häufiger aufhält. Seine Freunde werde ich nicht aufsuchen, da Sie bereits mit ihnen gesprochen haben. Die werden sich melden, wenn sie Ivan sehen. Hier, meine Karte, falls er zurückkommt."

Er verließ die Villa und setzte sich in seinen Skoda, den er sich für die alltäglichen Fahrten leistete, sein Volvo war ihm dafür zu schade.

Zuerst würde er zu einem kleinen Parkplatz im Wald fahren. Dort konnte man eigentlich nur zum Spazierengehen anhalten. Bewegung hätte er Drago gar nicht zugetraut, diesem dicken Mann mit den dürren Beinen, der so ungeschickt stolzierte. Nicht, dass er die geringste Hoffnung hatte, ihn dort zu finden. Aber es war ein herrlicher Platz zum Frühstücken. Unterwegs besorgte er sich zwei belegte Brötchen und einen großen Becher Kaffee, *to go*, wie man heute sagte.

Wie zu erwarten von Ivan Drago keine Spur. Winston lehnte sich an sein Auto, blickte in den blauen Himmel, lauschte dem zwitschern der Vögel und genoss dann sein Mettbrötchen. Was wusste er eigentlich über seinen Auftraggeber? Nicht viel, wurde ihm klar. Er war Besitzer der alten Fabrik, stammte aus einer alten Iserlohner Familie, war durch ein großes Erbe sehr wohlhabend und redete gern wirres Zeug. Privat? Gerade eben hatte er seine Lebensgefährtin kennengelernt, sonst wusste er nichts über sein Leben. Er wunderte sich nur über den Unterschied zwischen dieser attraktiven, selbstbewussten Frau und dem dicklichen, oft finster wirkenden Mann. Winston nahm sein Handy und wollte Marianne Wedler anrufen, hatte aber kein Netz. Also musste die Frage, ob er in irgendwelchen Vereinen Mitglied ist, noch warten.

Er schnappte sich die Liste und ging sie Punkt für Punkt durch. Woher konnte er wissen, dass sie vollständig war? Hatte Ivan Drago seiner Freundin tatsächlich alles gesagt? Hatte er kein kleines

Geheimnis, einen Ort, ein paar Freunde, von denen er ihr nichts erzählt hatte? Ihm fiel bei der Liste auf, dass er einmal pro Woche bei seinem Hausarzt an der Wallstraße war. Ein Hinweis auf eine chronische Krankheit? Jeden Donnerstagabend hielt er sich an einer Adresse an der Untergrüner Straße auf. Leider stand auf der Liste nicht, warum und wen er dort traf. Da es ganz in der Nähe war, nahm er einen letzten Bissen von seinem Brötchen und fuhr los. Nach wenigen Minuten stoppte er an einer alten, rosafarbenen Villa, die ihm schon sehr häufig aufgefallen war. Vor allem, weil sie schon seit über zwanzig Jahren leer stand, aber gepflegt wurde. Das Tor war verschlossen, lediglich ein kleines Schild gab Auskunft, wer oder was hier residierte. Winston las es zweimal, weil er es nicht glauben konnte: „Kirche der Offenbarung des Flammenden Bilalhali."

Jürgen Bordenski seufzte tief. Nicht nur, dass der Rücken ihm immer mehr zu schaffen machte, es war mal wieder ein dringender Fall. Er drehte sich vorsichtig auf den Fahrersitz seines alten Mercedes und startete den Motor. Wehmütig blickte er auf seine Harley, die nur noch in der Garage stand. Lediglich alle zwei Jahre fuhr er mit ihr zum TÜV, so wie die anderen Mitglieder des *MC Indian* auch.

Die Fahrt führte ihn aus Letmathe heraus zu einem abgelegenen Parkplatz an der Grürmannsheide. Obwohl er ihn als Treffpunkt nur zu gut kannte, musste er wegen der

Dämmerung aufpassen, die Einfahrt nicht zu verfehlen. Seine Partnerin wartete bereits auf ihn. Und schien nervös.

„Kann mir denken, weshalb du mich sprechen willst. Wie kann man auch nur so dämlich sein?"

„Spar dir deinen Kommentar, ich bin hier die Chefin, verstanden?"

Das sah Jürgen Bordenski allerdings ganz anders. Unruhig ging sein Gegenüber auf und ab, zog hektisch an ihrer Zigarette.

„Hast du schon eine Idee?"

„Ich könnte ihn besuchen und ihm körperlich klarmachen ..."

„Nein, nein, keine Gewalt, diesmal nicht. Biete ihm etwas an, einen Gefallen, einen Abend mit deinem Club, ein paar Informationen, wenn er welche braucht."

„Infos? Worüber?" Er kannte den Mann doch gar nicht, woher sollte er wissen, was der wollte oder braucht?

„Ich habe mich erkundigt, der arbeitet als Journalist und Detektiv. Der braucht garantiert Informationen."

„Kann er kriegen", knurrte Bordenski, „aber wir müssen ihn auf Distanz halten, den Schnüffler. Wenn der von unserem Plan erfährt ..."

„Wird er nicht", grinste seine Partnerin, „zur Not stelle ich den einfach ein, dann kann und darf er nichts sagen."

Bordenski sah auch das ganz anders, schwieg aber. Beide würde er scharf im Auge behalten, seine Partnerin und diesen Winston Schmidt.

„Ein besseres Angebot bekommen Sie nicht." Wie um seine Aussage zu bekräftigen, schlug Willi Sauermann mit der flachen Hand auf den Küchentisch. Marianne Wedler schwieg. Sie fühlte sich in die Ecke gedrängt. Sicher, vierhunderttausend Euro waren viel Geld. Aber nur weniger als die Hälfte dessen, was die alte Fabrik wirklich wert war.

„Ich sage Ihnen noch einmal, dass ich die falsche Ansprechpartnerin bin, Herr Sauermann. Die Immobilie gehört allein meinem Lebensgefährten. Wenn Sie verhandeln wollen, müssen Sie ausschließlich mit ihm sprechen."

Der weißhaarige Mann schnaubte verächtlich.

„Und der ist mal wieder abgetaucht. Wie immer, wenn man ihn braucht. Aber Sie sollten ihm unser Angebot sehr dringend empfehlen, das nächste wird niedriger ausfallen. Und er wird es annehmen, Frau Wedler, er wird es annehmen."

„Warum sollte er das tun?", fragte sie neugierig und leicht belustigt. Was bildete sich dieser alte Schützenbruder eigentlich ein?

„Aus Verantwortung vor unserer Stadt, könnte ich sagen. Oder damit das Gebäude wieder einer vernünftigen Nutzung als Schützen- und Veranstaltungshalle zugeführt wird, nachdem es die Parkhalle nicht mehr gibt. Statt es diesem asozialen Pack zu überlassen." Den letzten Satz spuckte er fast auf den Tisch. „Weil er kein wirkliches Interesse an dem Komplex hat und auch keine Verantwortung. Aber in erster Linie", streckte er seinen Kopf vor und fixierte sie mit seinen klaren blauen Augen, „um sich selbst zu schützen. Ich möchte ungern etwas in die Öffentlichkeit tragen, das dort nichts zu suchen hat. Es wäre die letzte Notwendigkeit."

Erpressung. Dieser Kerl erpresste sie mit einer dubiosen Andeutung. Marianne Wedler war außer sich.

„Dann sagen Sie mir doch bitte, was ihn derart unter Druck setzen sollte. Hat er in seiner Jugend bei *Karstadt* ein paar Bleistifte mitgehen lassen? Oder ist beim Schwarzfahren erwischt worden?" Sie versuchte gar nicht, ihre Empörung und ihren Spott vor diesem Schützenbruder zu verbergen.

Gelangweilt überhörte Willi Sauermann ihre Bemerkung.

„Ich würde diesen Schritt nur sehr schweren Herzens machen, Frau Wedler. Aber ich werde ihn machen, aus der Verantwortung, die mir für den Verein und für meine Stadt übertragen wurde. Und er wird unterschreiben, Frau Wedler, er wird unterschreiben. Für jeden Preis, den ich ihm nenne."

„Hallo Hannes!"

Sie klatschten sich kurz ab. Er bot ihm einen Schluck aus der Flasche an. Winston schüttelte den Kopf, „Nee, muss noch fahren."

Es dämmerte bereits, sie standen mit anderen Bewohnern der Fabrik auf der Straße und genossen den milden Abend.

„Sag mal, hast du in letzter Zeit Ivan Drago gesehen?", kam Winston sofort zur Sache.

„Keine Ahnung, wo der steckt, ist aber auch nicht jeden Tag hier. Hat bestimmt noch anderes zu tun, der Mann."

Winston nickte. „Könnte ja sein, dass du irgendwas gehört hast. Ich muss ihn sprechen, und er geht nicht an sein Handy."

„Du meinst, der hat sich vom Acker gemacht? Lässt uns und die Fabrik im Stich? Wieso denn?" Hannes war neugierig geworden, neugierig und besorgt. Er nahm noch einen großen Schluck aus der Flasche.

„Keine Ahnung, glaube ich aber nicht. Vielleicht braucht er einfach ein paar Tage Ruhe, ist ja kein Wunder, wenn so viele Leute von einem was wollen. Aber behalte es bitte für dich, okay?"

„Geht klar, ich höre mich mal um."

„Rufst du mich an, wenn du was erfährst?"

„Geht nicht", grinste ihn Hannes an, „kein Guthaben mehr."

Winston seufzte, zog einen Zwanzig-Euro-Schein aus seiner Westentasche und gab ihm den.

„Aber nicht versaufen!"

Bis zu seinem Termin hatte Winston noch genug Zeit und machte an einem griechischen Imbiss an der Mendener Straße Station. Er setzte sich auf einen der wenigen freien Stühle vor dem Lokal und bestellte sich Gyros mit Pommes, zog seinen *Van Nelle* aus der Tasche seines hellblauen Jacketts und drehte sich eine Zigarette. Er hatte keine Lust, sich gleich auf religiöse Diskussionen einzulassen. Aber er musste sich ein Bild von seinem Auftraggeber machen, auch von dem wirren Zeug, welches der von sich gab. Glaubte der tatsächlich an Engel? Er lächelte, als er die Zigarette im Aschenbecher ausdrückte.

Es waren nur wenige, meist ältere Leute, die um kurz vor neun aus der rosa Villa kamen. Winston wartete auf den Mann, der das Haus als letzter verließ und abschloss. Es war ein untersetzter Mann, keine eins siebzig groß mit schwarzen, langen gelockten Haaren und einem grauschwarzen Bart, der ihm bis auf die Brust reichte. Er war komplett schwarz gekleidet. Winston ging auf ihn zu.

„Guten Abend, mein Name ist Winston Schmidt. Haben Sie ein paar Minuten Zeit? Es geht um Ivan Drago."

Misstrauisch sah der dickliche Mann zu ihm auf.

„Drago? Was Sie wollen von Ivan? Ist ein guter Mensch, guter Glaube."

„Ich bin ein Bekannter von ihm, er hat mich beauftragt, etwas herauszufinden. Aber jetzt ist er verschwunden. Hat er sich bei Ihnen gemeldet?"

„Na, nicht gut." Der Mann sprach mit einem starken osteuropäischen Akzent. „Hat mich gewundert, war nicht da heute Abend."

Dann streckte er ihm seine rechte Hand entgegen.

„Dimitrios Kaczinski. Bin Oberhaupt von Offenbarung des Flammenden Bilalhali, sehr erfreut."

Winston schüttelte seine Hand, lächelte und hoffte auf eine schnelle Antwort.

„Ivan ist guter Mann, sehr gläubig, hält zu seinem Gott, so wie ich zu meinem."

„Wie, er hält zu seinem Gott wie Sie zu ihrem? Haben Sie denn verschiedene?", stutzte Winston.

Dimitrios Kaczinski nickte.

„Bei Bilalhali du suchst dir einen Gott, einen von zweiundsiebzig. Spart Ärger, nicht so wie bei Christen und Muslimen, nääh! Besser viele Gott und keinen Streit. Aber über alles Bilalhali."

„Wer ist der denn und woher kommt der?"

„Wladimir Bilalhali kommt aus Abendland, hat alle weltlichen und religiösen Schriften studiert, so vor fünfhundert Jahren. Alles gelesen, wollte einen Gottesstaat, von Arabien bis Russland, du verstehen?"

Winston nickte zögerlich, langsam wurde ihm die Sache zu wirr. Aber er bekam eine Ahnung, woher Ivan Drago sein merkwürdiges Weltbild nahm. Von der Straße näherte sich ein schlanker Mann, der scheinbar auf den Sektenchef gewartet hatte. Er trug einen beigefarbenen Anzug, helle Schuhe und einen Strohhut. Darin wirkte er, als wäre er gar nicht da, unsichtbar.

„Eine neue Seele für den Flammenden Bilalhali?", lächelte er Winston an und gab ihm die Hand. Der Eindruck der Unsichtbarkeit wurde noch verstärkt durch die farblosen Lippen in dem schmalen Gesicht und dem schlaffen Händedruck. Warum dieser Sektengründer auch noch flammend gewesen sein sollte, wollte Winston gar nicht wissen.

„Nein, da muss ich Sie enttäuschen."

„Sucht Ivan, ist verschwunden."

„Oh, das tut mir leid, ich hoffe, es geht ihm gut. Gestatten, Fjodor Lallensack, Bundesbürger." *Bundesbürger? Bin ich auch und noch nie auf die Idee gekommen, das zu betonen,* runzelte Winston die Stirn.

„Ich sehe, Sie verstehen nicht", lächelte ihn der Unsichtbare an. „Wir Bundesbürger haben mit der Bundesrepublik nichts mehr zu tun, wir sind aus Deutschland ausgetreten. Wir sind ein Bund von Bürgern, Bundesbürger, aber keine Bundesbürger mehr."

Winston nickte. Er musste hier weg, die sind ja komplett verrückt. Er nickte den beiden zu und ging zu seinem Auto. Zuhause brauchte er erst einmal einen großen Schnaps.

5

Winston nickte zufrieden, seine Auftragslage war in den vergangenen Wochen mehr als gut. Sich ein Bild von den Akteuren des Casa zu machen wird leicht. Nur, mit Kunst hatte er leider so gar nichts am Hut, sein letzter Museumsbesuch muss in seiner Schulzeit gelegen haben. Er schüttete sich einen frischen Kaffee in den blauen Becher und ging zu seinem Rechner. Die Seite der Kunstfabrik hatte er schnell gefunden, deren Programm auch. Welcher Kurs kam für ihn denn in Frage, um undercover zu ermitteln? Er sollte bald beginnen, damit er loslegen konnte. Den gesamten Bereich Bildhauerei und Gestalten mit Ton und Beton schloss er komplett aus. Beim Töpfern stellte er sich so geschickt an wie King Kong mit Backofen-Handschuhen. Da, ein Zeichenkurs, das wäre okay, der hatte vergangene Woche angefangen und es wurden noch wenige freie Plätze gemeldet. Er wählte die Nummer und meldete sich kurzfristig an, schon in zwei Tagen war sein erster Termin. Zufrieden legte er auf, auch wenn er sich wohl blamieren würde. Er schrieb einen Zeichenblock und ein Set Bleistifte auf seinen Einkaufszettel, dann sah er sich den Vorstand des Kunstvereins an. Alles Frauen, alle locker in der zweiten Lebenshälfte. *Wahrscheinlich versponnen und versnobt bis zum Geht-nicht-mehr*, dachte er, *das kann ja heiter werden*. Sah eine von denen wie eine Mörderin aus? Winston schloss die Seite, der Mord war nicht sein Auftrag.

„Was soll das denn sein?"

Winston musste zugeben, dass seine Zeichnung mit der Vase, die auf dem Podest stand und die er wie die anderen Teilnehmer zeichnen sollte, keine hundertprozentige Ähnlichkeit hatte. Eher weniger. Kaum welche. Eigentlich gar keine. Selbst wenn er den Begriff der künstlerischen Interpretation bis über die Schmerzgrenze beugte.

„Wie ich Ihnen sagte, Sie haben bei der

Darstellung der Vase freie Hand. Allerdings sollte der Gegenstand als solcher schon zu erkennen sein. Vielleicht fangen Sie noch einmal an und nehmen sich vorher die Zeit, sich die Vase genau anzusehen – was macht sie aus, was sticht Ihnen ins Auge, wie wirken Farben und Licht auf Sie? Nehmen Sie sich Zeit und beobachten sie, es werden Ihnen viele Merkmale auffallen."

Der leicht untersetzte Dozent mit der wirren Kurzhaarfrisur wandte sich dem nächsten Teilnehmer zu, der für seine Zeichnung ein wohlwollendes Nicken erntete. Winston sah sich die Vase genauer an, kniff die Augen zusammen und beobachtete. Es blieb dabei, ihr herausragendes Merkmal war ein Loch oben, in das man Blumen stecken konnte. Seufzend riss er das Blatt vom Block, zerknüllte es und legte es neben sich auf den alten Holztisch. Mit verkrampfter Hand zeichnete er die Umrisse der Vase nach. Und wieder sah sie aus wie der Körper einer wunderschönen kurvenreichen Frau, harmonisch, anmutig, erotisch. Winston lächelte und zeichnete noch einige Details, legte Licht und Schatten an, radierte, verbesserte, zeichnete verschiedene Grautöne. Dann legte er den Bleistift zur Seite, nahm den Block in beide Hände und hielt ihn mit ausgestreckten Armen von sich. Langsam schlich sich ein Lächeln auf seine Lippen. Ja, er war mit sich zufrieden, mit sich und seiner Zeichnung, sie war sehr gelungen, sie erinnerte ihn an seine letzte Freundin. Verdammt, wie lange war das her, drei Jahre, vier Jahre? Wie hieß sie doch gleich,

Petra, Susanne, Karin? Susanne, er war sicher, sie hieß Susanne. Wehmütig dachte er an ihre letzte Nacht, an ihre Liebe, ihre Leidenschaft, an ihre Lust, ihre Brüste, ihre feuchte riechende ...

„Eine Vase ist das immer noch nicht, Aktzeichnungen machen wir später, Herr Schmidt." Winston hatte den Dozenten nicht bemerkt. Lachte der Kerl ihn aus oder lächelte der nur?

„Wir machen nächste Woche weiter, aber vielleicht war unser erster Abend anregend genug, zu Hause zu zeichnen. Ich würde mich freuen, wenn Sie noch etwas Zeit haben, uns kennenzulernen, das Casa hat einige Snacks vorbereitet und Getränke kaltgestellt."

„Das ist ja schön, da freue ich mich." Ein strahlendes Lächeln zierte das Gesicht der blonden übergewichtigen Frau neben Winston. Er schätzte sie auf Mitte Fünfzig, und in diesem Alter bewegten sich die meisten der Teilnehmerinnen. Bis auf ihn und einen weiteren Mann waren es zehn Frauen, die zum zweiten Kursabend den Weg in den roten Flachbau am Schleddenhofer Weg gefunden hatten. Die ersten Gespräche begannen noch auf den wenigen Metern, die den künstlerischen Bereich von der kleinen Sitzecke mit dem Bücherregal trennten.

„Und was machen Sie beruflich?"

Winston hatte die schlanke Brünette erst bemerkt, als sie neben ihm Platz nahm. Sie senkte den Altersdurchschnitt um zehn Jahre, sie hatte lange, leicht gewellte Haare, braune Augen und hübsche Grübchen um ihren sinnlichen Mund.

„Ich, äh, ich bin Journalist, freiberuflich", stammelte Winston überrascht.

„Journalist? Das ist ja interessant", lächelte sie, „wofür schreiben Sie?"

Winston überlegte hastig, wann er zuletzt in welcher Zeitung etwas veröffentlicht hatte, es war schon sehr lange her.

„Unter anderem gelegentlich für den *IKZ*", strahlte er sie mit wiedergewonnenem Selbstbewusstsein an, „und für ein Magazin in Unna. Darf ich fragen, was Sie beruflich machen?", wendete er weitere Fragen ab.

„Ich bin Informatikerin und betreue für einen großen Versicherungskonzern die Netzwerke und alles, was sonst noch anliegt. Na ja, häufig ist es nur Kleinkram, Bedienungsfehler von ahnungslosen Nutzern. Wie hat Ihnen der heutige Abend gefallen, sind Sie zufrieden mit ihrer ersten Zeichnung?" Dabei schaute sie Winston an, als würde es sie tatsächlich interessieren.

„Ich bin ja hier, um Zeichnen zu lernen", lächelte der unsicher, „ein Naturtalent bin ich sicher nicht."

„Darf ich ihrer Zeichnung mal sehen?" Dabei hielt sie ihm auffordernd ihre Hand hin, Winston bewunderte ihre anmutige Bewegung und ihre schlanken, eleganten Finger mit den roten Nägeln und der gebräunten Haut.

„Sie ist nicht wirklich, also ich meine ...“

„Bitte!“

Ihrem Lächeln musste er nachgeben und holte seinen Zeichenblock aus seiner braunen Ledermappe. „Aber bitte nicht lachen!“

Sie hielt den Block in ihrer rechten Hand, sah auf die Zeichnung und in ihrem rechten Mundwinkel bildete sich eine kleine Falte. Eine Falte, die Winston gefangen nahm. „Eine interessante Interpretation einer Vase. Haben Sie die aus dem Gedächtnis gemalt?“ Neugierig schaute sie ihm in die Augen.

Winston sah sie an. „Mein Gedächtnis funktioniert noch ganz gut. Wie sind Sie zu diesem Kurs gekommen?“, lenkte er weitere Fragen ab.

„Indem ich mich angemeldet habe“, bemerkte sie süffisant. „Nein, ich hatte es schon lange vor, bin aber nie dazu gekommen. Jetzt habe ich in meinem Job meine Stunden reduziert, ich will später nicht zu denen gehören, die ständig sagen, ach, hätte ich doch dies noch gemacht und das. Die Zeit ist jetzt gekommen, und gezeichnet habe ich schon als Jugendliche gern. Hier will ich es lernen und mir viele Tipps und Kniffe holen. Und Sie, wie sind Sie zum Casa gekommen?“

Flirtete sie tatsächlich mit ihm? Winston konnte es nicht fassen, sie faszinierte ihn, sie war so unglaublich schön und elegant. Trotzdem musste er sie anlügen.

„Ich will herausfinden, ob ich das zeichnerisch umsetzen kann, was ich mir vorstelle oder ob dazu meine Phantasie und meine motorischen Fähigkeiten nicht reichen. Naja, beim Handwerklichen ist durchaus noch Luft nach oben, wie Sie sehen", lächelte er sie an und deutete auf seine Vase. Wie ist denn Ihre Zeichnung geworden?"

Sie holte ihren Block hervor und hielt ihn Winston wortlos hin. Er schlug das Deckblatt auf und war begeistert. Ein Traum von einer Zeichnung, mit vielen Grautönen, Lichtern und Schatten, Linien und Schwünge, die wie aufs Papier gehaucht wirkten.

„Das ist ... unglaublich, ein Traum." Er sah an der Perforation, dass sie tatsächlich nur dieses eine Blatt gebraucht hatte, kein abgerissener Versuch, während er bestimmt zehn Blätter gebraucht hatte bis zu seiner Vase, die mit diesem Kunstwerk so gar keine Ähnlichkeit hatte.

„Sie brauchen diesen Kurs nicht", sagte er tonlos, „Sie sollten einen für Fortgeschrittene besuchen, und ich lasse meine Zeichenversuche am besten sofort sein, das ist wie ..."

„Bitte nicht", lachte sie, „Sie haben einen eigenen Stil. Außerdem würden wir uns dann in der nächsten Woche nicht wiedersehen. Ich heiße übrigens Julia und muss jetzt los." Sie nahm ihre Tasche, stand schwungvoll auf und warf Winston einen Blick zu, der ihn noch den ganzen Abend faszinieren würde.

„Der ist doch total bekloppt!"

Winston nahm noch zwei Flaschen Krombacher aus dem Kasten, den er mitgebracht hatte, und hielt eine davon Hannes hin.

„Flammender Bilalhali, Bundesbürger oder Bund der Bürger, Ivan Drago ist ein noch größerer Wirrkopf, als ich dachte. Der hat sie doch nicht mehr alle."

„He, he", lächelte Hannes, „wusste gar nicht, dass der einer Kirche angehört. Aber dieser Bund der Bürger, davon habe ich schon gehört. Sind gar nicht man ohne, die Brüder."

„Was meinst du damit? Was weißt du von denen?", hakte Winston nach.

„Die stellen sich alle gegen den Staat, erkennen ihn nicht an, also auch nicht seine Organe wie Polizei oder Verwaltung. Auch keine Urteile gegen sie oder Geldbußen, sagen sie. Die meinen, sie wären aus der Bundesrepublik ausgetreten."

„Ausgetreten?" Ungläubig schaute Winston Hannes an. „Wie kann man denn aus Deutschland austreten? Die müssten doch auswandern, ansonsten kann ich doch nicht austreten, wenn ich hierbleibe. Wie soll das funktionieren?"

„Eben, deshalb haben die auch ständig Stress mit den Behörden, ignorieren einfach sämtliche Bescheide. Manche sagen, dass es genau darum geht bei dieser sogenannten Bewegung, die meisten hätten finanzielle Probleme mit den Ämtern und wären deshalb ausgetreten."

„Aber spätestens, wenn sie eine Haftstrafe antreten müssen, weil sie nicht bezahlen, ist es doch vorbei mit der selbsternannten Freiheit. Aus dem Knast kann ich definitiv nicht austreten", lächelte Winston sarkastisch.

„Du sagst es", bestätigte Hannes und nahm noch einen Schluck. „Das geht dann meist mit viel Getöse ab, mit Spezialeinsatzkommando der Polizei. Manche von denen sind nämlich auch Waffennarren, rechte Szene und so."

„Und unser Freund Ivan ist einer von denen", staunte Winston. „Ob er bei einem seiner Kollegen untergekrochen ist?"

„Keine Ahnung. Soweit ich weiß, sind die nicht offiziell miteinander verbunden, sind alles Individualisten, sagt Ivan Drago. Aber untereinander vernetzt sind sie, ist also nicht auszuschließen. Aber frag mich nicht, ob ich sonst noch jemanden von denen kenne. Vielleicht seine Lebensgefährtin?"

„Glaube ich nicht", murmelte Winston, „die macht einen sehr realistischen und strukturierten Eindruck."

„Gut, Kollege, ich höre mich um. Wenn ich was erfahre, rufe ich dich an, wenn ich noch genug ..."

„Schon wieder?", wunderte sich Winston. „Hast du 'ne Freundin auf den Bahamas?"

Widerwillig holte er einen Zwanziger aus der Tasche und legte ihn auf den Tisch.

„Aber denk dran ..."

„Geht klar", versprach Hannes grinsend.

Winston verließ die alte Fabrik und fühlte sich gut. Das lag nicht nur an den Bieren, die er getrunken hatte. Es war Hannes, den er anfangs nur als Kontakt, als Türöffner gebraucht hatte. Er war mittlerweile ein guter Kumpel, mit dem er sich gerne unterhielt. Die Fabrik und ihre Bewohner mochte Winston und er würde versuchen, einen kleinen Teil zu ihrer Rettung beizusteuern. Er ging auf der alten Bahntrasse, die vor einigen Jahren zu einem Fuß- und Radweg ausgebaut worden war, in Richtung seiner Straße. Winston genoss die leichte Schwerelosigkeit, die ihm der Alkohol schenkte, und die milde Luft des dämmrigen Abends. Den Schlag spürte er erst, als er zusammenklappte und ihm die Luft wegblieb. Er sackte auf die Knie, rang nach Luft und hielt sich den Bauch. Es war ein brutaler Treffer, und er musste sich auf den dreckigen Asphalt sinken lassen.

„Misch dich nicht ein, du kleiner mieser Schnüffler. Halte dich von der Fabrik fern, sonst bin ich beim nächsten Mal nicht so zärtlich."

Es war eine raue, aggressive Stimme, die wie durch einen Nebel zu ihm durchdrang. Er bekam langsam etwas besser Luft, seine Angst, zu ersticken, legte sich, aber die Schmerzen in seinem Bauch krümmten ihn weiter zusammen. Er hörte Schritte, schwere Stiefel, die sich entfernten. Mühsam richtete er sich auf, erst auf die Knie, dann vorsichtig auf die Beine, wobei er sich mit der rechten Hand an einem verwitterten Holzzaun festhielt. Er stand. Angeschlagen und gekrümmt, aber er stand.

„Wenn du das Saufen nicht verträgst, dann lass es sein", hörte er einen behelmten Fahrradfahrer, der ihn überholte. *Lehrer*, dachte Winston. Langsam kam seine Kraft zurück. Welches Arschloch hatte ihn überfallen? Kannte er diese Stimme? Nein, er hatte sie noch nie gehört. Unsicher machte er den ersten Schritt, hielt sich dabei an dem Zaun fest. Er kam mit jeder Bewegung etwas besser voran, auch wenn sein Magen noch schmerzte. Sollte er den Vorfall der Polizei melden? Unsinn, wie sollten die den Mann finden, er hatte ja nicht einmal den Ansatz einer Beschreibung. Irgendjemand passte nicht, dass er sich in die Fabrik einmischte. Wie weit würde der Unbekannte gehen? Und würde er tatsächlich wieder zuschlagen?

Am nächsten Morgen spürte er nichts mehr von dem Schlag. Direkt nach einem kurzen Frühstück, das aus einem Becher Kaffee und zwei Keksen bestand, rief er Marianne Wedler an und fuhr danach zu ihr.

„Ich brauche mehr Informationen, wenn ich Ivan finden soll. Gestern habe ich Leute kennengelernt, die, sage ich mal, recht wirre religiöse und politische Themen vertreten. Kennen Sie diese Menschen von der Kirche und dem Bund der Bürger?"

Für einen kurzen Augenblick huschte ein Lächeln über ihr Gesicht. „Ich dachte nicht, dass die von Bedeutung sein konnten. Ich teile Ivans Ansichten in diesen Richtungen nicht, wenn Sie das meinen. Mein Bereich sind die Finanzen und die Verwaltung der alten Fabrik, damit habe ich genug zu tun. Ich weiß, dass Ivan einmal in der Woche zu dieser Versammlung fährt. Was dort besprochen oder gefeiert wird, kann ich nicht sagen, es interessiert mich nicht. Und diese merkwürdigen Bürger ..."

„Sind die schon mal an Sie herangetreten?"

Winston sah kurz auf ihre Knie und die schlanken eleganten Beine, als sie sie übereinanderschlug. Sie trug ein helles, legeres Kleid, das ihre Figur unauffällig betonte und eine dünne Strickjacke. Unter der zeichneten sich ihre wohlgeformten Brüste ab.

„Sie haben es versucht, aber ich habe dann unmissverständlich klar gemacht, was ich von ihren Thesen halte. So ist es bei diesem einen Versuch geblieben."

Innerlich musste Winston lächeln. Er konnte sich lebhaft vorstellen, wie sie mit diesen Wirrköpfen gesprochen hatte.

„Ich mache mir ernsthaft Sorgen um Ivan", sagte sie leise, „so sprunghaft er auch manchmal ist, so lange ist er noch nie weggeblieben, und das ohne irgendeine Nachricht."

Winston hatte Sorge, dass sie gleich zu weinen anfangen würde. Weinende Frauen machten ihn hilflos.

„Ja, es ist merkwürdig, so ganz ohne Nachricht", sagte er gegen die einsetzende Stille. „Ich fahre jetzt weiter seine Orte ab und komme heute Abend noch einmal vorbei."

Winston nahm sich den ganzen Nachmittag Zeit, fuhr zu Ivans Hausarzt, der ihm natürlich den Grund für die regelmäßigen Besuche nicht nennen durfte, schaute an seinem Stammplatz bei *Spetsmann* vorbei, wartete im Restaurant im Danzturm und auch bei seiner Buchhändlerin in Letmathe – vergebens, niemand hatte ihn gesehen oder von ihm gehört. Frustriert fuhr er am Abend zu Marianne Wedler. Als Winston ihr berichtete, schien plötzlich ein heller, flackernder Schein durch das Fenster. Die Gardinen verhinderten einen Blick auf die Straße. Winston ging hinaus, Marianne Wedler folgte ihm, etwas Ungewöhnliches musste passiert sein. Ihnen bot sich eine unwirkliche Szene. Eine lebensgroße Puppe in Frauenkleidern brannte lichterloh, die

Flammen fraßen sich rasend schnell an ihr hoch und zündelten zwei, drei Meter in den dunklen Himmel. Winston holte sein Handy heraus.

„Nein, nicht die Feuerwehr. Die alarmiert dann die Polizei. Einfach abbrennen lassen", entschied sie kühl. Ihr Handy klingelte. Instinktiv hielt sie es so, dass Winston mithören konnte, Ohr an Ohr.

„Freitag hat Drago einen Termin bei einem Notar. Sag ihm das, sonst geht es dir schlecht." Dann war das Gespräch beendet. Diese Stimme kannte er.

6

Sie betrat die Lobby des *Vier Jahreszeiten* am Seilersee und nahm in einem der Ledersessel Platz. Ihre Verabredung stand offensichtlich am Empfang und sprach mit einem Mitarbeiter des Hotels. Als er sie sah, kam er freundlich lächelnd auf sie zu und reichte ihr seine gepflegte, schlanke Hand. Ein sympathisches, gewinnendes Lächeln, akkurat geschnittene dunkle Haare, eine randlose Brille, ein teurer, dunkelblauer Anzug mit Einstecktuch und Weste, Manschetten mit goldenen Knöpfen, dazu schwarze Schuhe, von denen Marianne annahm, dass sie wie der Anzug auf Maß gefertigt waren.

„Ich begrüße Sie, Frau Wedler, Klingenschmidt mein Name. Bitte nehmen Sie Platz. Oder möchten Sie zu unserer Besprechung lieber ins Atrium wechseln?"

„Danke, ich denke, wir können das Gespräch hier führen", gab sie freundlich zurück.

„Es freut mich, dass Sie meiner doch recht kurzfristigen Einladung gefolgt sind. Für diesen kleinen Fehler meines Sekretariats bitte ich nochmal um Entschuldigung." Dabei zog er seine Hosenbeine zurecht, nachdem er sich gesetzt hatte.

„Und ich muss leider sagen, dass mein Lebensgefährte, der Besitzer der Immobilie, weiterhin verhindert ist."

„Nun, da es sich um ein unverbindliches erstes Gespräch handelt, ist dies kein Problem. Ich würde mich freuen, wenn wir die zukünftigen Gespräche zu dritt führen können", erwiderte er galant.

„Selbstverständlich habe ich mich im Internet über ihre Firma informiert", wechselte sie vom Unverbindlichen ins Konkrete.

„Dann wissen Sie, dass wir schon lange am Markt sind und über entsprechende Erfahrungen und eine respektierte Seriosität verfügen. Wir sind ausschließlich an langfristigen Investments und einer fairen Zusammenarbeit mit unseren Partnern vor Ort orientiert. Ihre Immobilie ist für uns von großem Interesse, sie kann ein freundliches, hervorragend gelegenes Zentrum für ältere Mitbürger werden."

„Aber die bisherigen Bewohner müssten ihren Plänen weichen", wandte Marianne Wedler ein.

„Es wären natürlich umfangreiche Sanierungs- und Umbaumaßnahmen erforderlich, innen wie außen", lächelte er routiniert, „die damit verbundenen Belästigungen können wir Ihren Klienten und Mietern natürlich nicht zumuten. Wir sind dabei, entsprechende Ersatzquartiere zu akquirieren, die auch eine Perspektive für eine zukünftige, langfristige Nutzung bieten könnten. Das wird ein Gegenstand des Vertrages sein. Sie müssen sich keine Sorgen um die bisherigen Bewohner machen, wir kümmern uns, es ist Teil unserer Unternehmensphilosophie."

„Es ist eine spezielle Klientel", gab Marianne zu bedenken, „die Orientierung braucht und durch Veränderungen verunsichert wird."

„Wir werden so behutsam wie möglich vorgehen, das versichere ich Ihnen, mit sozialpädagogischer und psychologischer Begleitung."

„Um meinem Lebensgefährten eine Orientierung über Ihr Angebot bieten zu können, in welchem finanziellen Rahmen bewegen wir uns?", lenkte sie das Gespräch endlich auf die finanzielle Seite.

„Selbstverständlich ist zum jetzigen Zeitpunkt keine genaue Taxierung möglich. Aber ich versichere Ihnen, dass unser Angebot weit über dem Marktpreis liegen wird. Wie gesagt, wir sind ausschließlich an partnerschaftlichen Kundenbeziehungen interessiert", betonte er und reichte ihr einen Briefumschlag

Marianne Wedler verließ das Hotel und fuhr nach Hause. Sie musste einen schrecklichen Fehler korrigieren. Immerhin, dieser Klingenschmidt war jemand, der die alte Fabrik kaufen wollte und sie weder erpresste oder mit brennenden Puppen bedrohte. Ein Fortschritt.

Sie sah hinreißend aus. Enge Jeans und eine weiße Bluse, dazu hochhackige schwarze Schuhe, die schlichte Eleganz. Lächelnd kam sie auf Winston zu, der einen leisen Pfiff ausstieß.

„Du siehst einfach wunderbar aus, so schön!"

„Danke für das Kompliment, Winston, du bist aber auch sehr elegant."

„Nur wie üblich, Sakko und Weste." Er konnte und wollte seinen Blick nicht von ihr wenden.

„Und ein sehr schönes blaues Hemd, das verrät Geschmack. Hat dir das deine Ex ausgesucht?", fragte sie ihn mit einem schelmischen Augenaufschlag.

„Gelegentlich bummele ich durch *B&U*, die haben so viele schöne Sachen, die müssen die glatt verkaufen. Gehen wir zu unseren Plätzen, es geht gleich los."

Sie nahmen ihre Taschen und gingen zu den alten Holztischen. Es war ihr dritter Abend, nach dem zweiten hatten sie in einem Lokal in der Nähe bei einer Flasche Wein einen schönen, sehr unterhaltsamen Abend verbracht. Ja, sie waren sich nähergekommen, wie Winston verliebt feststellte.

Mit einem fröhlichen „Schönen guten Abend" kam der Dozent aus dem hinteren Raum und stellte eine Skulptur unter drei Lampen.

„Das ist unsere heutige Aufgabe, beachtet bitte vor allem das Spiel von Licht und Schatten. Wir nehmen wieder nur Bleistifte unterschiedlicher Härtegrade."

Resigniert schloss Winston die Augen und flüsterte leise „Das wird ein abstraktes Fiasko." Aus dem Augenwinkel sah er, wie Julia sich ein Lachen verkniff. Plötzlich tauchte von der Seite Sibille Rose auf und tippte ihr auf die Schulter. Sie stand auf und folgte der Casa-Chefin. Kannten sich die beiden? Ihre Begegnung hatte etwas Vertrautes, die Art, wie sie sich ansahen, wie sie sich anlächelten. Beide standen im Durchgang zur Küche und unterhielten sich. Winston beschloss, dem Gespräch zwischen Julia und Sibille mehr Aufmerksamkeit zu widmen als der beleuchteten Skulptur. Unauffällig linste er zu den beiden

Frauen hinüber und schon nach kurzer Zeit schien es, als würden sie streiten, ihre Hände fuchtelten in der Luft, die Gesichter bei dem Versuch, ihre Lautstärke zu unterdrücken angestrengt verzerrt. Wieso hatte sich Julia mit Sibille Rose in der Wolle? Die Leiterin des Casa mit einer Teilnehmerin, die erst vor kurzer Zeit eingestiegen war? Wutentbrannt stapfte Julia zurück zu ihrem Platz, stopfte Block und Bleistifte in ihre Umhängetasche, riss ihre Jacke vom Stuhl und ging schnell zum Ausgang. Der Dozent und die anderen Teilnehmer blickten ihr verwundert hinterher. Ihre Augen wurden noch größer, als auch Winston seine Sachen packte und Julia hinterherlief. Er fand sie draußen, an einer Straßenlaterne gelehnt, die Hände zu Fäusten geballt. Im Licht der Laterne sah er die Tränen in ihren Augen, ihren bebenden Mund, als müsste sie gleich weinen. Vorsichtig nahm er sie in den Arm, sprach beruhigend auf sie ein. „Alles gut", flüsterte er, während er langsam über ihren Kopf, ihre seidigen Haare streichelte. Dann schwieg er, während sie weinte, sich langsam, ganz langsam beruhigte.

„Lass uns ein paar Schritte gehen." Schweigend gingen sie Richtung Bömbergring, Winston wollte auf keinen Fall auf die laute Mendener Straße. Julia trocknete sich die Tränen, schniefte noch drei-, viermal, hatte sich aber sichtlich beruhigt. Er ließ ihr Zeit, während sie durch die nur von den Straßenlaternen beleuchtete ruhige Wohngegend gingen.

„Willst du gar nicht wissen, worum es bei

unserem Streit ging?", fragte sie ihn plötzlich und hakte sich bei ihm ein.

„Doch, das will ich, Julia, natürlich. Vor allem war ich überrascht, dass ihr gestritten habt, schließlich hast du erst vor wenigen Tagen diesen Kurs begonnen. Wie kommt es dann, dass du eine solche Auseinandersetzung mit Sibille Rose hast? Kennt ihr euch von früher?"

Julia blieb stehen. „Von früher? Ja, von ganz früher." Sie schaute ihn an. Es fiel ihr nicht leicht zu sprechen. „Es geht einfach darum, dass ich nicht einverstanden damit bin, wohin sie das Casa führen will. Ich möchte mich zukünftig stärker in die Arbeit, die Vorstandsarbeit einbringen."

„Du im Vorstand?" Winston sah sie verständnislos an. „Aber, ich meine, wie kommst du dazu, du bist doch erst seit ein paar Tagen dabei? Warum, glaubst du, den Kurs des Casa beeinflussen zu können, ich meine, das ist doch ..."

„Nicht anmaßend, Winston." Sie hatte sich wieder untergehakt und ging mit ihm weiter. „Sie will aus dem Casa ein Riesending machen, sie will die alte Fabrik an der Oberen Mühle kaufen und ein Kunst-Imperium schaffen, darum geht es. Sie ist größenwahnsinnig."

„Die Fabrik?" Fassungslos drehte er sich zu ihr um. „Das kann doch nicht wahr sein, noch eine Irre, die in dem Spiel mitmischen will? Woher weißt du das alles, Julia, woher kennst du Sibille Rose?"

Wieder blieb sie stehen und sah ihn schweigend an. Dann, ganz langsam, hob sie ihre Hand und streichelte seine Wange, bevor sie ihn küsste. „Ganz einfach, Winston, sie ist meine Mutter."

7

„Aaaaahhh! Du musst sofort kommen!"

Winston brauchte einen Moment bis sich sein Trommelfell von dem Schrei, der durchs Telefon geschossen war, erholt hatte. So viel Hysterie legte nur eine an den Tag.

„Gundula? Bist du es?"

„Natürlich, wer denn sonst?", kreischte sie.

Was sie wohl diesmal hatte? Ein Geräusch gehört? Einen Schatten an der Wand gesehen, der sie umbringen wollte?

„Bin gleich da." Winston schnappte sich seufzend seine Jacke, verließ die Wohnung und ging zu seinem Auto, das eine Straße weiter parkte. Es waren nur wenige Kilometer bis zu Gundulas Wohnung, und doch konnte sie von seiner Behausung nicht weiter entfernt sein. Die Witwe eines Drahtfabrikanten hatte sich eine großzügige Eigentumswohnung in einer der teuersten Gegenden Iserlohns gegönnt, nachdem sie die Villa ihres Mannes verkauft hatte. Er schaltete das Autoradio ein und sofort wieder aus, als er die ersten Takte eines Schlagers hörte, der ihm zum Halse raushing. Nach wenigen Minuten hatte er das Ziel erreicht und parkte sein Auto vor ihrer Wohnung. Sein Wagen unterschied sich von den anderen, die in den Auffahrten der Häuser standen, nicht nur durch das Alter. Es war, als flüsterten sie *Du gehörst hier nicht hin!* So wie Gundulas Vorgarten, der sich mit seiner bunten Vielfalt, der Unmenge an wilden Pflanzen, den kleinen Kunstwerken und dem Teich von den Steinwüsten der anderen Häuser, die maximal noch etwas Rasen als Grün zu bieten hatten, unterschied. Winston schnaufte noch einmal durch und klingelte. Wie chaotisch würde es heute werden?

Sie öffnete die Tür und weinte in ein Tuch, das sie sich vor das Gesicht hielt, sie schluchzte, ihre Schultern bebten so wie ihre roten schulterlangen Locken.

„Beruhige dich, Gundula, es wird bestimmt alles wieder gut", beschwichtigte er und überlegte, wer in ihrem Bekanntenkreis gestorben sein könnte. Er fasste sie an den Schultern und führte sie in ihre lichtdurchflutete Wohnung. Wie immer raubten ihm die intensiven Düfte, die aus zahlreichen Fläschchen, Schalen und Kerzen strömten, den Atem. Gekleidet war Gundula in ein Gesamtkunstwerk aus luftigen Batiktüchern in allen Farben, wobei Rot, Gelb und Orange dominierten. Er führte sie zu einem ebenfalls roten und wuchtigen Sessel und setzte sie, um aus der benachbarten Küche ein Glas Wasser zu holen. Der Weg dorthin glich einem Slalom, flankiert von Vasen, Nippes, Palmen und anderen großen Pflanzen. Winston rechnete damit, dass aus diesem Urwald gleich ein Papagei oder ein Gorilla auftauchen würde. Sie hatte sich etwas beruhigt, als er ihr das Glas reichte.

„Um Himmels Willen, was ist denn passiert?", fragte er besorgt und nahm auf dem zweiten Sessel Platz.

„Constanze", schluchzte sie, „Constanze ist verschwunden!"

Constanze? Diese fette, verwöhnte Katze? Das war alles?

„Du meinst, deine Katze ist nicht da?" Winston bemühte sich, seine Fassungslosigkeit nicht durchklingen zu lassen. „Seit wann vermisst du sie denn?"

„Seit heute Vormittag", sagte sie mit bebender Stimme und schnäuzte anschließend in das Tuch. „So lange war sie noch nie weg."

Sie war überhaupt noch nie weg, korrigierte sie Winston in Gedanken, das fette Vieh entfernte sich nie mehr als nötig von seinem Fressnapf, in den Gundula nur das teuerste und angesagte Bio-Öko-Futter aus der Fernsehwerbung füllte. Ab und zu wagte sie sich in den Vorgarten und schnupperte an den Blüten der vielen Blumen. Eine Maus hatte sie noch nie gefangen, was daran lag, dass sie Angst vor Mäusen hatte. Die bewegten sich so schnell.

„Ich hätte es nicht tun dürfen", schluchzte Gundula weiter, „das verzeiht mir Constanze nie, und nun ist sie weg, sie hat mich noch nie verlassen."

„Was hättest du nicht tun dürfen?", wollte Winston wissen und schwankte zwischen Neugier und Ungeduld.

„Ich habe gestern ihr Futter umgestellt, du weißt doch, dass sie etwas stark um die Hüfte ist", weinte sie.

Etwas stark um die Hüfte ist gut, dachte Winston, *das Vieh ist so fett, dass ihr Bauch fast über den Boden schleift.*

„Ich meine es doch nur gut mit ihr, aber wahrscheinlich hat ihr das vegane Futter gar nicht geschmeckt." Die letzten Worte gingen in einem neuerlichen Weinkrampf unter.

„Die kommt schon wieder", versuchte er zu trösten, „wir können eine Suchmeldung in der Nachbarschaft und im Internet verteilen, was meinst du?"

Vorsichtig nickte sie und beruhigte sich etwas. „Kannst du das machen? Du weißt doch, dass ich damit nicht umgehen kann."

Und Angst hast vor den Strahlen, die das Internet angeblich verbreitet, dachte er. „Natürlich, kein Problem, ich brauche bloß ein Foto von ihr." Sie nickte, stand auf und ging zu ihrem altertümlichen Schreibtisch. Als sie ihm das Foto reichte, schlich sich zum ersten Mal ein Lächeln auf ihr rundliches Gesicht.

„Ich fahre nach Hause, mache die Suchmeldung fertig, stelle sie auf *Facebook* in diversen Gruppen ein und kopiere sie, dann kannst du die Zettel in der Straße verteilen", beruhigte er sie und verabschiedete sich in der Hoffnung, dass sie ihm als Zeichen ihrer Dankbarkeit nicht wieder einen ihrer staubtrockenen Dinkelkuchen backen würde.

„Nein, verdammt nochmal, da mache ich nicht mit!" Wütend schlug Karl Nelles mit der Faust auf den Tisch. „Willi, das geht so nicht, versteh das doch", beruhigte er sich nach einem kurzen Moment, in dem alle schwiegen.

„Du hast dich in diese Sache verrannt. Komm wieder auf den Boden", schloss der drahtige Senior und setzte sich auf die Holzbank in einem kleinen Besprechungsraum des Schützenhauses.

Willi Sauermann wartete noch einen Moment, damit alle ihren Puls beruhigen konnten.

„Karl, wir haben doch beschlossen, dass wir die alte Fabrik kaufen werden. Für uns, unser Andenken, für den Verein und die Stadt. Wir können daraus ein Schützenzentrum machen, wie es im Sauerland einmalig ist, mit Museum und vielen anderen Bereichen. Es wird *das* Schützenzentrum in ganz Nordrhein-Westfalen, vielleicht in ganz Deutschland sein."

„Aber um welchen Preis?" Flehentlich wandte sich Karl an seinen Schützenbruder. „Willi, das kannst du nicht ernst meinen. Mit was willst du sie eigentlich unter Druck setzen?" Seine Frage klang fast beiläufig, uninteressiert.

„Das ist nicht wichtig, Karl, und es ist besser, ihr wisst es nicht. Aber ich will dieses Zentrum, auf jeden Fall, es ist mein Lebenswerk."

„Deines?" Karl Nelles stand wieder auf und stützte sich mit beiden Fäusten auf dem Tisch ab.

„Dein Lebenswerk? Es geht um den Verein. Oder glaubst du, du wärest jetzt der Verein? Du bist größenwahnsinnig. Willi, du handelst nicht mehr in unserem Namen!"

Wen interessiert das, dachte Willi Sauermann.

„Und was ist mit euch?", wandte er sich stattdessen an die anderen drei, die bisher schweigend dem Streit zugehört hatten.

„Naja, ich weiß nicht", begann Horst Behrendt zögerlich, „wir wollen ja alle das Schützenzentrum, aber ob wir dann tatsächlich drohen sollten, naja, ich weiß nicht."

Willi Sauermann mühte sich, seine Verachtung vor diesem Kerl ohne Meinung zu verbergen.

„Und ihr beide, Hugo und Egon?"

Die beiden saßen nebeneinander, jeder ein großes Pils vor sich und zuckten mit den Schultern. Willi hatte schon immer den Ton angegeben, der wusste, wie man sich durchsetzte.

„Ich rede nochmal mit ihr", versprach Willi Sauermann genervt, „es lässt sich bestimmt eine Lösung finden. Aber das Zentrum kommt auf jeden Fall, und ich will es noch erleben."

„Aber nicht mit Erpressung, Willi, nicht so. Solltest du das machen, gehe ich an die Öffentlichkeit, das verspreche ich dir!"

Kalt und ernsthaft blickte Willi Sauermann seinem Schützenbruder Karl Nelles in die Augen.

„Treib es nicht zu weit, Karl, treib es nicht zu weit. Ich warne dich." Und er wusste, was zu tun war.

Winston hatte es gerade rechtzeitig geschafft, sich mit einem Bier zu Beginn der *Tagesschau* auf dem Sofa bequem zu machen, als es schellte. Verwundert und missmutig stand er wieder auf, durchquerte den Flur und öffnete die Tür. Jürgen Bordenski. Wie immer trug er ein schwarzes T-Shirt mit einem Indianer darauf, seine schwarze Lederweste, Jeans und Stiefel. Und wie immer lächelte er nicht. *Kann der wahrscheinlich gar nicht,* dachte Winston.

„Ich muss was mit dir besprechen", grummelte Bordenski mit seiner tiefen Stimme zur Begrüßung.

„Komm rein."

Er hielt ihm die Tür auf.

„Geradeaus" sagte er und ging hinter dem zwar älteren, aber immer noch breitschultrigen Mann her. Er hatte ihn lieber vor sich als im Rücken. Im Wohnzimmer setzte sich sein Besucher ohne Aufforderung in den freien Sessel. Winston entschied, ihm für diese Unhöflichkeit kein Bier anzubieten.

„Es geht um die Kette, die du letztens beim Poker gewonnen hast. Sie braucht sie zurück, ist ja klar", kam Bordenski ohne Umschweife zur Sache.

„Dann muss sie wohl selbst kommen", antwortete Winston gelangweilt.

„Sie sich bei dir sehen lassen? Du bist wohl verrückt, das macht sie nicht", schnaubte sein Besucher verächtlich und fixierte Winston. Er holte einen Fünfhundert-Euro-Schein aus der Westentasche und legte ihn auf den Tisch.

„Das muss reichen."

Interessiert blickte Winston auf den Schein. Das war mehr, als Hannes den ganzen Monat zum Leben hatte.

„Die Kette habe ich schon fast vergessen, hab mich schon daran gewöhnt, irgendwie. Was planst du in der alten Fabrik?"

Der grinste breit zurück. „Gastronomie, im weiteren Sinne. Meine Investoren und ich werden es so bald wie möglich umsetzen, und dieses *bald* ist jetzt."

„Dazu braucht ihr erst einmal die Fabrik. Hilft euch die Kandidatin dabei?"

Bordenski überging die Bemerkung.

„Noch ein Gespräch mit Drago und er unterschreibt", war sich sein Besucher sicher und breitete sein Grinsen noch weiter aus.

„Dazu müsste er erst einmal wieder auftauchen", bemerkte Winston und inspizierte seine Fingernägel. Das Grinsen in Bordenskis Gesicht war verschwunden.

„Was ist mit Drago? Wo ist der hin?"

„Seit drei Tagen verschwunden, ohne irgendeinen Hinweis. Dein Plan muss also noch warten. Wie tief hängt eigentlich die Kandidatin mit drin?", versuchte er es noch einmal.

„Die lenkt ... das geht dich gar nichts an. Also, wo ist die Kette?" Dabei richtete sich Bordenski drohend im Sessel auf, sein Ärger über diese Nachricht sprühte ihm aus den Augen. Winston entschied, kein Theater zu machen. Er holte die Amtskette, mit der er ohnehin nichts anfangen konnte, aus dem Schrank. Mit den fünfhundert Euro konnte er sehr wohl etwas anfangen. Er hielt sie seinem Besucher direkt vor die Nase. Der riss sie ihm aus der Hand und stand auf.

„Ich bekomme die Unterschrift, Schnüffler, das ist sicher. Man hat schon Pferde kotzen sehen."

„Und Puppen brennen", gab Winston leise zurück.

„Dann muss ich wohl nach Gelsenkirchen", murmelte er und nahm noch einen Schluck Kaffee aus seinem gelben Porzellanbecher mit dem Smiley. Durch einen Beitrag im Internet hatte er erfahren, dass die ermordete Künstlerin dem *Bund Gelsenkirchener Künstler* angehörte. Winston setzte sich mit dem Kaffee an seinen Mac und suchte nach Informationen über diesen Bund. Zuvor gab er jedoch Julias Namen in die Suchmaschine ein. Viel fand er nicht über sie, einige Informationen über die Versicherung, bei der sie arbeitete und ein wirklich schönes Foto. In einem sozialen Netzwerk war sie offenbar nicht aktiv, was eindeutig für sie sprach, wie Winston fand. Träumerisch lächelnd lehnte er sich zurück, faltete die Hände über dem Bauch und dachte an den gestrigen Abend. Wollte sie tatsächlich was von ihm, diese Traumfrau? War sie nicht eine Nummer zu groß für ihn? Sollte er ihr nicht die Wahrheit sagen, dass er den Kurs nur besuchte, um dort zu ermitteln? Dass er als Detektiv arbeitet und nur noch selten Artikel veröffentlicht? Nein, jetzt nicht, er wollte die Erinnerung an Julia nicht mit dunklen Gedanken trüben, sich lieber auf den nächsten Dienstag freuen. Ob sie kommen würde? Bestimmt! Oder war sie zu gut für den Kurs und würde sich für einen für Fortgeschrittene anmelden, so, wie er es ihr geraten hatte? *Idiot*, murmelte er und suchte lieber weiter im Netz nach der getöteten Künstlerin. Sie hatte einige Ausstellungen, meist in kleinerem Rahmen und regional, viel gaben die Seiten nicht her. Ihr Selbstbild schien mit ihrem ausbleibenden Erfolg nicht Schritt zu halten. Hatte sie deshalb so viel gesoffen? Der in dem Artikel angegebene Promillewert war für eine Frau verdammt viel. Oder war sie erfolglos, weil sie soff? Fürs erste egal, sie war tot und er wollte mehr über sie erfahren. Auch wenn die Aufklärung des Mordes nicht zu seinem Job gehörte, konnte er doch wichtig für ihn sein. Außerdem juckte es ihm einfach in den Fingern. Er sah auf die Uhr, kurz nach zehn. In einer knappen Stunde konnte er in Gelsenkirchen sein. Was wusste er über diese Stadt? Klar, Bergbau, Stahl und Schalke, das kannte jeder. Und sonst? Hohe Arbeitslosigkeit, schlechtes Image, sehr viel mehr Vergangenheit als Zukunft. Zeit, mehr über diese Stadt zu erfahren - also nahm er seine Jacke, sein Portemonnaie und seinen Autoschlüssel, setzte sich in seinen Fabia und fuhr los. Durch die Altstadt steuerte er die Karl-Arnold-Straße an, von dort ging es weiter Richtung Zubringer zur A46 in Letmathe. Die Ampel davor sprang auf Rot, weil eine unsichere Fahrschülerin so langsam fuhr, dass er nicht mehr drüber kam.

Winston seufzte und versuchte zu entspannen, was soll's, er hatte ja Zeit. *Merkwürdig*, dachte er, als er zu dem Wagen links von ihm sah, dessen Fahrer ausgiebig in der Nase bohrte und das Ergebnis aufmerksam betrachtete. *Manche Leute denken, sie seien in ihren Autos unsichtbar, obwohl sie von allen Seiten gesehen werden können.* Statt auf die Autobahn zu fahren, bog er vom Zubringer rechts ab, um über den Schälk die Landstraße nach Ergste zu nehmen. Es war ein sonniger Vormittag, Winston genoss die Farben der Weizenfelder, der Wiesen, des Himmels, der Wolken und des verbliebenen Waldes. Auch hier hatten Trockenheit und Borkenkäfer dafür gesorgt, dass sich die Fichten in graue Skelette verwandelt hatten, wenn sie noch nicht gefällt worden waren. Winston war hier schon lange nicht mehr hergefahren, das letzte Mal war es zu einem Besuch in Dortmund. Er hatte sich dort mit Bekannten auf dem Weihnachtsmarkt getroffen, war aber nach kurzer Zeit wieder geflohen. Grauenhaft, dieses Geschiebe und Gedränge, er hasste Menschenmassen.

In Ergste bog er rechts auf die A45 ab und kam zügig voran. Da er keine Lust hatte, sich durch Dortmund zu quetschen, kürzte er über die 43 und die 42 ab und gelangte in Bochum auf die A40, den Ruhrschnellweg. Der war mal wieder sehr stark befahren, Wagen an Wagen quetschte sich durch dieses Nadelöhr. Winston atmete erleichtert auf, als er in der Ausfahrt Wattenscheid die Autobahn endlich verlassen konnte. Unterstützt von seinem Navi steuerte er Ückendorf an, sein Ziel war die

Bergmannstraße. *Passender Name für diese Stadt,* dachte er, auch wenn er wusste, dass der Bergbau hier schon lange Geschichte war. Die Straße bildete zusammen mit der Bochumer Straße den Mittelpunkt der Galeriemeile, die sich vor einigen Jahren gebildet hatte und sich weiterentwickelte. Und tatsächlich hatte sich in wenigen Jahren eine breitgefächerte künstlerische Szene etabliert, in einem Bereich dieses Stadtteils, den viele als ziemlich heruntergekommen ansahen. Winston bog von der Ückendorfer Straße links ab und suchte sich einen Parkplatz, was gar nicht so einfach war. Direkt vor der *Galerie Domizil* fand er einen und stieg aus. Winston freute sich, weil diese Galerie auch die Anschrift des *Bundes Gelsenkirchener Künstler* war. Seine Freude währte aber nur bis er die Öffnungszeiten gelesen hatte, samstags von vierzehn bis siebzehn Uhr. *Super,* dachte er, *hättest du mal auf der Internetseite geguckt.* Er blickte durch die großen Schaufensterscheiben und sah großformatige bunte Gemälde, aber niemanden, der anwesend war. Winston lehnte sich an sein Auto und wartete noch zehn Minuten, aber in der Galerie tat sich nichts. *Was soll's,* dachte er, *schaue ich mir eben ein bisschen die Gegend an.* Er ging die Straße entlang, sah sich Geschäfte und Häuser an und kam zu dem Schluss, dass der Begriff Multikulti hier zu Hause war - türkische und arabische Gemüsehändler, eine Pizzeria, ein deutscher Einzelhändler, ein russischer Schuhmacher und ein Asia-Shop. Vor einem kleinen Schaufenster blieb er abrupt stehen, hier bot ein Kollege seine Dienste an, „Private

Ermittlungen Robert Werner". Offensichtlich war der Inhaber nicht ausgelastet, Winston sah ihn in seinem Büro, die Füße auf dem Schreibtisch, in einer Zeitung lesend. Er ging die drei Treppenstufen hoch und öffnete die teilweise mit Folie abgeklebte Glastür.

„Einen schönen guten Tag wünsche ich!" Freudig lächelnd trat er ein.

Robert Werner wirkte überrascht, als würde er nie mit einem Besuch rechnen. „Kommen Sie rein, wie kann ich Ihnen helfen?" Er ließ die Zeitung sinken, nahm die Füße mit den schwarzen Lederschuhen vom Tisch und richtete sich auf.

Winston setzte sich auf den alten Besucherstuhl und sah sein Gegenüber an. Etwa so alt wie er, volles Haar, ein gleichmäßiges eher schmales Gesicht und wache Augen. Über dem weißen Hemd trug er eine dunkle Weste und ein graues Sakko. Er war ihm sofort sympathisch.

„Vielleicht mit einer Auskunft. Wir sind Kollegen, ich habe eine Detektei in Iserlohn. Dort recherchiere ich in einem Fall, bei dem eine Gelsenkirchener Künstlerin ermordet wurde. Ich bin hergekommen in der Hoffnung, in der Galerie jemanden anzutreffen, der mir Auskunft, Informationen geben könnte. Leider hat die Galerie nur samstags geöffnet, was ich nicht wusste. Zufällig habe ich ihr Büro entdeckt und dachte, vielleicht kennen Sie sie. Schließlich haben Sie ihr Büro mitten in der Galeriemeile, da begegnet man sich doch vielleicht."

„Nö."

Winston war verwirrt, etwas mehr Auskunft hatte er sich schon erhofft. „Sie meinen, Sie sind denen nie begegnet, kennen keinen von den Galeristen und Künstlern, wissen nichts von denen, obwohl sie nur wenige hundert Meter auseinander sind?"

„Das habe ich nicht gesagt, Herr Kollege", lächelte Robert Werner ihn an, „aber wie Sie wissen, haben Informationen ihren Preis. Ich kann hier vor Ort für Sie recherchieren, ich kenne einige Leute, das mache ich gern, aber nur gegen ein entsprechendes Honorar, Sie arbeiten schließlich auch nicht umsonst. Was können Sie mir bieten?"

Verdammter Sack, dachte Winston, obwohl er genauso gehandelt hätte, *jetzt zieht der mir das Geld aus der Tasche.*

„Vierzig Euro pro Stunde, Spesen haben Sie ja keine, wenn Sie in der Nachbarschaft spazieren gehen, das ist fair. Außerdem muss ich Ihnen glauben, welche Stundenzahl Sie berechnen. Ach ja, und alles natürlich sauber dokumentiert und abgerechnet, einverstanden?"

„Für vierzig lasse ich keinen Hund vor die Tür", lächelte Robert Werner süffisant, „achtzig, und das ist schon ein guter Satz."

Sie einigten sich auf fünfundsechzig. Nachdem sie ihre Visitenkarten getauscht hatten, verabschiedete sich Winston und ging zu seinem Wagen zurück. Auf der Fahrt hatte er auf der Ückendorfer Straße eine Pommesbude gesehen. Er fuhr das kurze Stück zurück und hatte Glück, direkt vor dem Eingang einen Parkplatz zu finden. Er sah an der Fassade hoch, von der an manchen Stellen die Farbe bröckelte. „Zum scharfen Eck" las er auf dem Schild. Okay, eine Straßenecke war hier tatsächlich, ob das Essen auch wirklich so scharf sein würde? Winston ging die drei Stufen zur Eingangstür hoch, drückte sie auf und freute sich. Er stand in einer herrlich altmodischen Frittenschmiede, mit Geldspielgerät rechts neben der Tür, auf jeder Seite zwei gedeckte Tische, PVC-Boden und einer Theke, die diesen Namen verdiente. Der Geruch von Fett und Pommes in diesem Raum hatte sich in Wände und Boden gefressen. Ohne lange die große, über den Herden und den Fritteusen, in denen das Öl kochte, montierte Speisetafel zu studieren, bestellte er den Klassiker, Pommes-Currywurst. Während die ältere Frau, die ihrer Figur nach die Gerichte regelmäßig probierte, die Pommes ins siedende Öl warf und die Wurst in einer Maschine zerkleinerte, warf er doch einen Blick auf die Tafel. Das übliche Pommesbuden-Angebot, aber was sich hinter dem *Feuerball* versteckte, wollte er bei seinem nächsten Besuch probieren. Und mit ganz viel Mut dazu die Pommes mit Lebersauce bestellen.

8

„Hier wabern eine Menge Gerüchte über die Flure." Hannes winkte gelangweilt ab. „Und das schon seit Jahren. Früher wollte keiner diesen Gebäudekomplex haben, seitdem wir in der Fabrik wohnen, sind alle ganz scharf darauf. Haben wohl einige gesehen, was man draus machen kann."

„Na, dann schieß mal los mit den aktuellen Gerüchten", forderte Winston ihn auf und steckte sich eine Zigarette an.

„Vor allem, wenn es um Jürgen Bordenski geht."

„Der mischt sich hier schon lange ein, macht so 'ne Art Sicherheitsdienst mit seinen Senioren-Rockern. Man munkelt, der tanzt dem Drago auf der Nase rum, um ihn weichzukochen, damit der an ihn verkauft. Müssen aber noch andere Leute mit dabei sein, wäre finanziell 'ne viel zu große Nummer für ihn."

„Zum Beispiel die Kandidatin", warf Winston ein.

Hannes pfiff durch die Zähne. „Die auch? Glaube ich nicht. Angeblich soll eine angesehene Iserlohner Familie mit dabei sein, die genug Kohle hat, aber auf gar keinen Fall mit der Fabrik in Verbindung gebracht werden will. Die haben die Kohle, Bordenski bearbeitet den Drago."

„Wieso nicht in Verbindung gebracht werden? Ist doch wie ein normales Mietshaus", wunderte sich Winston.

„Noch", grinste Hannes, „es hält sich hartnäckig das Gerücht, die wollen aus der Fabrik den größten Puff im Märkischen Kreis machen."

„Ein Bordell?" Jetzt war es Winston, der sich wunderte. „Du meinst, diese Familie und der Rocker-Präsident werden Puff-Betreiber? Ich hatte das für einen Witz gehalten."

„Nur eine Gastronomie soll es werden", grinste Hannes. „Aber mit sehr viel weiblichem Personal."

„Und sonst?"

„Seitdem ich hier wohne, ist ein Altenheim im Gespräch, immer wieder mal."

„Diesmal konkret", nickte Winston, „der Investor will Drago eine Million Euro bieten, sagt Marianne Wedler."

„Nicht schlecht, da könnte Ivan schwach werden."

„Ich fahre gleich noch zu ihr, eine kleine Besprechung."

„Sag mal, woher kommt eigentlich dein Vorname? Nur so nebenbei, wollte ich schon lange wissen, wenn's nicht zu persönlich ist."

„Mein Vater, der leider früh verstorben ist, bewunderte Winston Churchill. Und wie der sich im Krieg durchgesetzt hatte, hat es mein Vater bei meiner Mutter mit meinem Namen gemacht. Sie wollte, dass ich Paul heiße. Vielleicht war es nicht nur Bewunderung für seine Leistungen, Churchill und mein Vater hatten auch den gleichen Whisky-Konsum, eine halbe Flasche pro Tag", erinnerte sich Winston lachend.

„Robert Werner hier, schönen guten Tag!"

„Ebenso, wie geht es?" Winston hatte so schnell nicht mit seinem Anruf gerechnet, sein Besuch in Gelsenkirchen war erst zwei Tage her.

„Ich habe einiges in Erfahrung gebracht", überging der die Frage, „könnten wir uns treffen? Ich würde nach Iserlohn kommen, war längere Zeit nicht dort."

„Gerne", freute sich Winston, der keine Lust hatte, schon wieder auf der A40 zu stehen, der Feuerball konnte noch warten. „Geht es heute am späten Nachmittag?"

„Lieber abends, so gegen neunzehn Uhr, ich möchte dem Berufsverkehr ausweichen. Wo sollen wir uns treffen?"

„Am Seilersee, der ist leicht zu finden, Sie müssen nur ..."

„Ich weiß, wo er ist, ich kenne mich in Iserlohn ganz gut aus. Also, dann bis später."

Winston fragte sich, woher der Typ Iserlohn so gut kannte, aber das konnte er ihn heute Abend fragen. Bis dahin schnappte er sich seinen Zeichenblock und versuchte sich an einem Portrait von Julia. Er würde es ihr mit Sicherheit nie zeigen.

Robert Werner liebte es, ab Ergste über die Landstraße bis nach Letmathe zu fahren, seinen liebgewonnenen Weg. Wie oft war er ihn gefahren? Hundertmal? Zweihundert? Sylvia. Er dachte noch oft an sie, an ihre gemeinsame glückliche Zeit. Eine Zeit, in der sie am Seilersee spazieren waren, Eis gegessen und dabei die Schwäne beobachtet haben. Händchen halten würde er gleich sicher nicht, aber auf den See freute er sich. Mit etwas Glück erwischte er noch einen freien Parkplatz, ganz in der Nähe der Promenade. Es war rappelvoll, die Leute nutzten die wenigen noch warmen Abende.

„Ich grüße Sie." Winston Schmidt kam mit ausgestreckter Hand auf ihn zu.

„Einfach Robert, das reicht."

„Alles klar, Winston. Wollen wir etwas gehen?"

„Sehr gern, ein bisschen Bewegung tut gut nach der Fahrt."

„Wegen dem See und dem Haus Seilersee mit seiner großen Terrasse sind in früheren Zeiten ganze Busladungen aus dem Ruhrgebiet hergekommen." Dabei zeigte er auf den imposanten Bau mit dem runden Außengelände.

„Ich weiß, damals war so ein Ausflug noch etwas Besonderes, nicht jeder hatte ein eigenes Auto und so viel freie Zeit." Robert fiel auf, dass die Weste seines Kollegen fast die gleiche Farbe hatte wie seine. „Ich habe einige Neuigkeiten zu Dorothee Lassnick, dem Opfer. Sehr beliebt war sie in ihrem Kunstverein nicht, sie hat wohl, so habe ich gehört, fleißig Ideen geklaut und Techniken kopiert, das sagte mir der Vorsitzende. Man habe sogar über einen Ausschluss diskutiert."

„Was sich jetzt erledigt hat", nickte Winston, während sie sich der Eishalle näherten.

„Sie habe das natürlich anders dargestellt, sagt er, sie habe sich von Stilen inspirieren lassen und daraus ihren eigenen geformt. Hier, in diesem Flyer, stellt sie sich und ihre Arbeit vor." Robert reichte Winston einen gefalteten hochformatigen Flyer, der nahm das glänzende grüne Papier und warf einen flüchtigen Blick drauf. „Was sie wirklich gut konnte, so der Vorsitzende, war verkaufen, Marketing in eigener Sache. Sie war so weit, dass sie von ihrer Kunst leben konnte, gut leben, was nicht vielen gelingt."

Winston nickte, er würde als Künstler glatt verhungern. „Aber reicht das als Motiv?"

„Tja, das ist die Frage. Nötig gehabt hätte sie es nicht, ihr Mann ist Beamter, ein hohes Tier in der Gelsenkirchener Verwaltung. Die beiden haben keine Kinder, aber ein großes Haus mit eigenem Atelier, ganz in der Nähe meines Büros, an der

Parkstraße."

„Parkstraße hört sich teuer an."

„Ist es auch", bekräftigte Robert, „finanzielle Sorgen hatten die nicht."

„Dann ist das Motiv wohl im persönlichen Bereich zu suchen. Weißt du etwas von Feinden, konnte der große Vorsitzende dazu was sagen?"

„Eine Frau aus dem Künstlerbund hat sie wohl besonders dreist beklaut, ich habe dir ihre Daten per Mail geschickt. Andrea Himmelreich, eine Rentnerin, sehr aktiv im Künstlerbund, schon seit langer Zeit. Die hat sie offen des geistigen Diebstahls beschuldigt, was unser Mordopfer arrogant abgebügelt hat. Frag jetzt nicht, ob die sie vielleicht umgebracht hat, ich habe meine Glaskugel in Gelsenkirchen vergessen." Robert blieb stehen und blickte nachdenklich auf die Enten und Kanadagänse, die im See ihre Kreise zogen. „Sag mal, gibt es eigentlich *Stoltefuß* noch?"

Winston, der ebenfalls auf den See sah, grinste. „Stimmt, so ein halbes Hähnchen wäre jetzt nicht schlecht. Also los, wir können meinen Wagen nehmen, ich bringe dich später zurück. Und nachher schaue ich mir deine Unterlagen an. Himmelreich, was für ein seltsamer Name."

„Ist ein Künstlername, bürgerlich heißt sie ganz einfach Meier. Soll wohl an Hundertwasser erinnern, könnte ich mir denken, jedenfalls sahen manche ihrer Arbeiten seinen ähnlich."

Winston schüttelte den Kopf. „Alle am Klauen, diese Künstler."

„Inspiration, nur Inspiration. Los, ich habe Hunger."

Obwohl es schon Abend war, fuhr Hauptkommissar Franz Cordes von seinem Büro zur Kunstfabrik am Schleddenhofer Weg. „Mist, verdammter", fluchte er leise vor sich hin, während er die Mendener Straße hinunterrollte. Da, die nächste Straße links. Von der Existenz dieses Casa b hatte er erst durch den Fall erfahren, der kulturelle Teil der Zeitung interessierte ihn nur oberflächlich. Er parkte seinen Wagen in einer Nebenstraße und ging zu dem Gebäude in der Hoffnung, noch etwas zu erfahren. Dieser Fall, sein letzter Fall, steckte fest. Es gab keine Zeugen, die Frau hatte weder Schulden noch Feinde, die Lebensversicherung wurde ohnehin bald fällig und ihr Ehemann hatte auch keinen Grund, sie umzubringen. Keine Affären, liebe nette Leute, bei denen es nie laut wurde, wie die Nachbarn bestätigten. Lediglich das Gift, mit dem sie getötet wurde, bot einen kleinen Anhalt, einen sehr kleinen.

Er öffnete die Tür und schloss sie vorsichtig, es war ein Kursabend. Der Dozent ging von Tisch zu Tisch, sprach leise mit den Teilnehmern und drehte ihm den Rücken zu, offensichtlich hatte er ihn noch nicht bemerkt. Der Kommissar trat auf ihn zu und tippte ihm auf die Schulter. „Darf ich Sie einen Moment sprechen? Es ist wichtig." Ohne eine Antwort abzuwarten, ging er zu der kleinen Küche, hinter der sich ein weiterer Kursraum verbarg. Der Mann gab den Männern und Frauen noch einige Ratschläge und Anweisungen, dann folgte er ihm.

„Entschuldigen Sie, dass ich störe, Cordes von der Mordkommission."

Verunsichert nickte der Dozent, „Wackert, Dozent und freischaffender Künstler."

„Herr Wackert, wie Sie sich denken können, geht es um den Mord an der Künstlerin. Kannten Sie die Frau?"

„Nein, kennen wäre zu viel, ich habe nur einmal mit ihr gesprochen. Sie war sehr fixiert auf ihre Werke, die der anderen interessierten sie kaum. Ich habe es schnell aufgegeben, mit ihr sprechen zu wollen."

„Ist Ihnen etwas an ihr aufgefallen? Roch Sie vielleicht nach Alkohol?"

Der Dozent überlegte einen Moment, bevor er zögerlich antwortete. „Nein, daran kann ich mich nicht erinnern, ich bin ihr aber auch nicht sehr nahegekommen."

Von der Seite sah der Beamte, dass im Halbdunkel ein weiterer Mann auf ihn zukam. „Gut, danke, das war es auch schon", verabschiedete er den Dozenten. Dann schaute er den Mann aufmerksam an. „Herr Schmidt, was machen Sie hier? Ist das Zufall?"

„Ja", lächelte der, „ich mache hier einen Zeichenkurs, mehr nicht, Herr Kommissar."

„Und da steckt nicht zufällig ein Auftrag dahinter, etwa für Herrn Drago?" Franz Cordes wippte auf den Zehen, er konnte sehen, dass dieser Schmidt log.

„Na ja, ein bisschen schon", gab Winston zu, „aber es hat nichts mit dem Mordfall zu tun, es ist rein privat. Und ich bitte Sie darum, das vertraulich zu behandeln", flüsterte er.

„Geht in Ordnung, aber mischen Sie sich nicht in meine Ermittlungen ein, ist das klar?"

Winston nickt und sah, dass sich aus dem Hintergrund Petra Gonscheck vom Vorstand näherte.

„Die Herren kennen sich?", lächelte sie die beiden an.

„Flüchtig", entgegnete Winston schnell und fluchte innerlich. Jetzt war bekannt, dass er Kontakt zu dem Kommissar hatte.

„Aus einer anderen Angelegenheit, als Herr Schmidt Zeuge war", sprang der ihm bei.

„Wir, also der Vorstand, haben uns noch einmal beraten, aber ich fürchte, wir haben Ihnen bereits alles erzählt, was wir über Frau Lassnick wissen. Gibt es etwas Neues?"

„Nichts Wesentliches, außer der Todesursache. Sie wurde mit Taxin vergiftet", räumte er mit einem mahnenden Blick auf Winston ein.

„Taxin? Habe ich noch nie gehört, was ist das?" Neugierig streckte Petra Gonscheck den Kopf vor und sah den Kommissar an.

„Das Gift aus der Eibe", antwortete der Kommissar und sprach so leise wie die anderen, um den Kurs nicht zu stören. Winston sah aus dem Augenwinkel, dass Julia ihn neugierig beobachtete. „Hat also fast jeder im Garten. Der Saft aus zwei Händen voll Eibennadeln reicht, um einen Menschen zu töten. Wenn man von seiner Gefährlichkeit weiß, ist es sehr leicht und ohne Nachweis zu beschaffen. Trotzdem wird es als Gift bei Morden selten verwendet, weil der Saft der Nadeln modrig riecht und die meisten Menschen davon abhält ihn zu trinken. Es wundert mich, dass Frau Lassnick den Wein, in dem das Gift war, trotzdem getrunken hat."

„Na ja", räusperte sich Petra Gonscheck, „der Rotwein war alles andere als beste Qualität, der hatte sicher einen ganz eigenen Geschmack."

„Also billiger Fusel", nickte der Kommissar, „das und die Tatsache, dass das Opfer eine ausgeprägte Geliebte des Bacchus war, sind Erklärung genug."

„Geliebte von wem?", fragte Winston verständnislos.

„Dem griechischen Gott des Weines", erklärte Kommissar Cordes mitleidig. „Aber Sie dürfen diese Informationen keinesfalls weitergeben", schwor er die beiden ein und hoffte, dass sie genau das nicht taten.

„Was gab es denn so Interessantes? Wer waren die Leute?" Julia schaute ihn neugierig und fordernd an.

„Erzähle ich dir gleich. Hast du Lust, nach dem Kurs noch etwas zu trinken?"

„Gern auch eine Kleinigkeit essen", lächelte sie ihn an.

Winston riss das Blatt mit seiner Zeichnung vom Block und zerknüllte es. Ein phantastischerer Abend.

Winston berichtete, was er erfahren hatte. Von Ivan Drago hatte Marianne Wedler immer noch nichts gehört.

„Wenn sich das bis morgen nicht ändert, schalte ich die Polizei ein. Die war übrigens heute schon hier. Wer die benachrichtigt hat, weiß ich nicht, aber sie haben von der brennenden Puppe erfahren. Ich habe es als Dumme-Jungen-Streich hingestellt, und auch von dem Anruf habe ich nichts erzählt. Morgen werde ich das ändern", war sie entschlossen.

Winston nickte. „Das Angebot der *Senioren-Invest* ist durchaus großzügig. Glauben Sie, dass Ivan darauf eingeht?"

Sie seufzte und ließ sich in das Sofa sinken. „Es ist verführerisch, das stimmt. Und ich habe viel Zeit investiert, um diesen Kontakt herzustellen und zu pflegen. Auch hinter seinem Rücken. Aber er hängt an der Fabrik und den Bewohnern. Ich habe mir überlegt, ob man vielleicht beide zusammenführen kann, dass die jetzigen Bewohner sogar mit den alten Menschen arbeiten und leben können, stundenweise. Ich denke, sie könnten eine sinnvolle und zutiefst menschliche Aufgabe ..."

Sie drehten sich ruckartig um, als sie einen Schlüssel im Türschloss hörten, kurz danach ein vertrautes *chr, chr*.

„Ivan!" Marianne Wedler sprang auf und lief zur Tür, fiel Drago um den Hals und rief immer wieder seinen Namen. Winston stand auf, er sah, dass der Mann sehr erschöpft war.

Sie fasste ihn am Arm und geleitete ihn ins Wohnzimmer. Winston nickte er nur kurz zu und ließ sich mit einem tiefen Seufzer in das Sofa sinken. Marianne Wedler ging zur Bar und schenkte ihm einen großen Cognac ein. Sie reichte ihm das Glas, das er mit einem Zug leerte. Er schloss die Augen und atmete tief durch. Winston beobachtete seine Freundin, die ihre vielen Fragen kaum zurückhalten konnte, aber trotzdem schwieg und ihren Gefährten besorgt ansah. Er nahm ihre Hand und lächelte sie an. Winston hatte ihn noch nie lächeln sehen, und es war ihm fast peinlich, in einer so intimen Situation anwesend zu sein.

„Wo warst du, was ist passiert? Sprich doch endlich!"

„Man könnte es eine Art Entführung nennen", begann er. „Aber das ist nicht ganz richtig, ich war ja freiwillig in der alten Villa bei den Bundesbürgern. Mich haben sie nur nicht mehr gehen lassen."

„Und es ging ihnen, nehme ich an, um die alte Fabrik?", mischte sich Winston ein.

Ivan nickte. „Die waren der Meinung, nachdem sie aus der Bundesrepublik ausgetreten waren, bräuchten sie so etwas wie eine neue Heimat, ein Bürger-Haus. Die wollen dort tatsächlich alle einziehen, *chr, chr,* und weil ich doch dazugehöre, sollte ich ihnen die alte Fabrik schenken, *chr.* Drei Tage habe ich gebraucht, um sie zu überzeugen, dass das Unsinn ist. Einen Staat verstoßen, um auf dessen Gebiet einen neuen Staat zu gründen, das ist doch absolut widersinnig, damit werden sie doch wieder Teil dieses Gebildes. Da haben sie mich dann endlich gehen lassen, *chr.* Ich bin übrigens wieder in die Bundesrepublik eingetreten, mein Schatz", lächelte er sie an.

„Wirst du sie anzeigen? Das war Freiheitsberaubung", empörte sie sich.

„Nein, das werde ich nicht", entschied er.

„Aber du kannst das doch nicht auf sich beruhen lassen. Ich habe mir solche Sorgen um dich gemacht, diese Irren müssen bestraft werden. Und auch die, die mich bedrängt und bedroht haben, mich erpressen wollten und vor unserem Haus eine Puppe verbrannt haben. Was wirst du machen?"

„Ein Grillfest", antwortete Ivan Drago und trank noch einen Cognac.

9

„Ich weiß, wer es war!"

Winston seufzte, Gundula. „Wer was war?"

„Nicht am Telefon", flüsterte sie, „du musst vorbeikommen." Dann legte sie auf. Zehn Minuten später saß Winston auf ihrem Sessel und fächerte sich frische Luft zu, um die geballte Wolke aus Aromen und Düften zu vertreiben. Obwohl es ihm gelungen war, die Räucherstäbchen im Wohnzimmer unauffällig zu löschen, lag der Geruchsteppich bleiern auf ihm und er fragte sich, welche Allergien er langfristig bei ihm auslösen würde.

„Also, wer war was?"

„Constanze", flüsterte Gundula.

„Was ist mit ihr, ist sie wieder aufgetaucht?", fragte Winston und unterdrückte seine Ungeduld.

„Nein, natürlich nicht, sie wird doch gefangen gehalten."

„Gefangen gehalten? Von wem denn, und sprich bitte etwas lauter, ich verstehe dich kaum."

Gundula beugte sich noch näher zu ihm, Winston fing fast an zu schielen, so dicht war ihr pausbäckiges Gesicht vor ihm.

„Von den Gehilfen, das habe ich im Internet gelesen", flüsterte sie.

„Welche Gehilfen, was redest du da?" Winston wich etwas zurück, ihr Mundgeruch war ziemlich ausgeprägt. Das liege am Mate-Tee hatte sie ihn mal wissen lassen.

„Na, den Gehilfen von Bill Gates." Sie sah ihn an als hätte er nicht alle Tassen im Schrank, wobei Winston langsam der Verdacht beschlich, es sei umgekehrt.

„Was will denn Bill Gates mit deiner Constanze? Ich glaube, der hat genug Geld, um sich eine eigene Katze zu kaufen. Oder zwei." Er schnupperte noch einmal, nein, Alkohol konnte er nicht riechen. Haschisch?

„Er will sie doch nicht behalten. Die bekommen alle einen Chip implantiert, in den Kopf."

Winston brauchte einen Augenblick, um diese Nachricht zu verdauen. Skeptisch kratzte er sich am Kopf.

„Also, die Helfer von Bill Gates haben Constanze eingefangen, damit er ihr einen Chip einpflanzen kann, ist das richtig?"

„Natürlich nicht er selbst, das machen andere."

„Aha, und was hat der gute Mann davon?"

„Na, gefügige Katzen!"

„Warum gefügige Katzen?" Langsam wurde es selbst für Gundulas Verhältnisse zu wirr.

„Damit sie erzogen werden können, so wie Hunde, denen man was beibringt. Damit sie brav sind und nicht stören, Katzen sind von ihrer Natur aus eigensinnig und aufsässig", flehte Gundula, damit er endlich verstand. Winston verband mit Constanze keine Charaktereigenschaften, sie war einfach nur fett. „Sie stören. Auf seinem Weg zur Weltherrschaft, zusammen mit der WHO, der Weltgesundheitsorganisation."

Winston brauchte jetzt dringend einen Schnaps. „Dann wird Constanze ja bald wieder hier sein", tröstete er Gundula. Die nickte heftig.

„Ja, und dann fahre ich mit ihr zum Tierarzt und lasse den Chip entfernen."

Winston stellte sich vor, wie die von dem Chip erlöste fette Constanze heldenhaft und mit erhobenem Säbel einen Aufstand anführte und ein Heer von Katzen in die entscheidende Schlacht gegen Bill Gates und seine Schergen führte. Constanze würde Geschichte schreiben, das war sicher.

„... würde ich mich sehr freuen, dich am Freitag um siebzehn Uhr zu einem persönlichen Gespräch im Innenhof der alten Fabrik zu treffen. Ich bin sicher, dass wir bei einer Bratwurst und einem Bier zu einem klärenden, zielführenden Ergebnis finden werden."

Verblüfft sah Willi Sauermann auf die Einladung. Warum so formell? Warum nicht einfach ein Anruf? Meinte dieser Drago tatsächlich, er könnte ihn unter vier Augen umstimmen? Ihn von seinem Plan abbringen? Sauermann lächelte böse. Er würde die Einladung annehmen. Gegen eine Bratwurst und ein, zwei Bierchen hatte er nichts. Die würde er genießen. Und dann Ivan Drago fertigmachen.

Was machte die denn hier? Verwundert schaute Jürgen Bordenski zur Kandidatin, die ein großes Glas Bier in der Hand hielt. Offensichtlich nicht ihr erstes. Es sollte doch ein persönliches Gespräch sein. Und wer waren die weißhaarigen Herren, die jetzt in den Hof kamen und sich nach allen Seiten umdrehten? Scheinbar hatte Ivan Drago ihn reingelegt. Ihn und die anderen. Warum sonst stand dieser Schnüffler mit einer hellen Schürze bekleidet quietschvergnügt und bei bester Laune hinter einem großen Grill, auf dem mehr als zwanzig Würstchen lagen. Bisschen viel für ein persönliches Gespräch.

„Warum so skeptisch?"

Bordenski fuhr herum. Drago. Der hatte sich angeschlichen und lächelte ihn freundlich an.

„Schmieden Sie immer noch Pläne, was Sie mit meiner Fabrik machen wollen? Leider muss ich Ihnen sagen, dass daraus nichts wird. Und außerdem, ein Bordell, ich bitte Sie, ein bisschen mehr Phantasie hatte ich schon erwartet, mein Guter."

Bordenski fühlte sich ertappt. Woher wusste der, verdammt nochmal, was sie hier planten?

„Ich weiß gar nicht ..."

„Aber ich, mein Lieber. Und auch von der Drohung an meine Lebensgefährtin, die brennende Puppe und so weiter. Und für die Bedrohung habe ich einen Zeugen, mein Bester. Die Anzeige macht mein Anwalt. Ach, und würden Sie ihrer Freundin, Sie wissen, wen ich meine, etwas von uns bestellen? Ihre Beteiligung an diesem Plan kennt jetzt auch ein Redakteur des *IKZ*. Um die Familie im Hintergrund wird der Redakteur sich auch kümmern. Genießen Sie eine Wurst, auf bald!"

Ivan Drago ließ den alternden Rocker ratlos stehen und hielt Ausschau nach seinem nächsten

Gast. Ah, es war tatsächlich dieser Klingenschmidt von der *Senioren Invest*. Er stand ziemlich verloren auf dem Hof, blickte irritiert auf die teils heruntergekommenen gekleideten Gäste. Auch an Bier und Bratwurst hatte er sich noch nicht bedient. Es sähe auch sehr seltsam aus, fand Drago.

„Herzlichen Dank für Ihr Erscheinen, es freut mich, dass Sie kommen konnten", begrüßte er ihn aufrichtig. „Ich möchte mich bei Ihnen herzlich bedanken."

„Das freut mich, aber wofür?", fragte er freundlich.

„Für Ihre Fairness und das attraktive Angebot, das Sie mir machen wollten. Leider muss ich Ihnen sagen, dass ich es nicht annehmen werde. Aber ich weiß es zu schätzen."

Drago wartete keine Erwiderung ab, verabschiedete sich und hielt nach der kleinen Gruppe weißhaariger Männer Ausschau. Willi Sauermann war es, den er zuerst erblickte. Und genau zu dem wollte er.

„Willi, mein alter Freund, wie geht es dir?", strahlte er ihn an.

Dessen Augen funkelten böse.

„Was soll das ganze Theater? Ich dachte, wir würden uns nur treffen, um den Vertrag zu unterschreiben. Also, wo ist der Wisch?"

„Willi, Willi, es fällt mir schwer, dich zu enttäuschen. Aber es wird keinen Vertrag geben und auch kein Schützenzentrum. Zumindest nicht hier."

Drago blieb gelassen, als er das Erstaunen und die Wut in dessen Gesicht sah. Die anderen drei Schützen standen stumm dabei, als verstünden sie nicht, was hier vor sich ging.

„Zwing mich nicht zu diesem Schritt, Ivan, zwing mich nicht", presste Sauermann zwischen seinen schmalen Lippen hervor, Mordlust in den Augen.

„Ach, du meinst diese Geschichte von damals? Wir teilen nämlich ein kleines Geheimnis, liebe Freunde," wandte sich Ivan gutgelaunt an die drei Schützenbrüder. „Wir waren damals noch sehr jung", plauderte Ivan, „jung und betrunken. Wir, das waren Willi, ich und Hans, der leider viel zu früh verstorbene Sohn von Willi. Wir kamen vom Schützenfest und trafen unterwegs ein Mädchen, das wir kannten. Sie war sehr nett, wollte aber von Hans nichts wissen. Leider wurde der sehr zudringlich, er hatte sich wie so oft nicht im Griff und ließ nicht von dem Mädchen ab."

„Du lügst, ihr wart zu zweit und habt euch an ihr vergangen", schrie Willi Sauermann so laut, dass einige Besucher sich zu ihnen umdrehten.

„Ja, wir waren zu zweit, das ist richtig. Ich habe ihn weggezogen und ihn Richtung Innenstadt gebracht, obwohl er immer wieder zurück wollte.

104

Dann haben wir uns getrennt. Ich habe erst später erfahren, was dann passiert ist. Dass er sie missbraucht und getötet hat, er hat es mir erzählt."

„Du lügst, du warst auch dabei, hast mitgemacht, du Schwein!"

„Nein, Willi, das hat er dir nur gesagt, damit er nicht allein die Schuld hatte. Ich war nicht dabei, dafür gibt es Zeugen, ich und mein Anwalt haben sie aufgespürt. Ich war, nachdem Hans gegangen war, noch in einer Gaststätte. Und du", dabei zeigte Ivan Drago auf Willi Sauermann, „hast anschließend das tote Mädchen beseitigt. Das weiß ich, und ich weiß, wo sie liegt, das hast du mir damals erzählt, und ich habe die ganzen Jahre geschwiegen, das ist meine Schuld. Die werde ich tilgen, deshalb war ich gestern mit meinem Anwalt bei der Polizei. Ich nehme an, sie haben die Überreste des armen Mädchens mittlerweile geborgen."

Willi Sauermann starrte Ivan Drago an. Aus. Vorbei. Ivan hatte recht, es würde kein Schützenzentrum geben.

„Und ich habe die Polizei auf den plötzlichen Tod von Karl Nelles aufmerksam gemacht. Sie wollen ihn obduzieren, sagen sie."

„Du hast Karl ...", vervollständigte Horst Behrendt den Satz stockend, „... unseren Freund und Schützenbruder?"

Willi Sauermann schwieg. Schwieg, drehte sich um und ging, niemand hielt ihn auf. Für ihn gab es nur noch eine Möglichkeit, das wussten alle. Ivan Drago wandte sich ab, es war alles gesagt. Und das alles ohne ein einziges *Chr*.

Winston war in seinem Element, scherzte mit den Besuchern, lachte mit Marianne Wedler, drehte Bratwürste um und reichte sie an die Gäste weiter.

„Jetzt nehme ich auch eine", entschied Ivan Drago, als er zu ihnen stieß.

„Alles erledigt?", fragte Marianne Wedler besorgt.

"Ja, es ist alles getan, jetzt geht es mir besser." Sein erstes Bier trank er fast in einem Schluck. Dann reichte er Winston die Hand.

„Ivan."

Nachdem Winston dessen Hand gedrückt hatte, hielt auch seine Freundin ihm ihre Hand hin. „Marianne", freute sie sich.

„Danke für deine Hilfe, Winston, jetzt kehrt wieder Ruhe in die Fabrik ein."

„Du willst nichts verändern, die alte Fabrik bleibt, wie sie ist?"

„Vorerst bleibt alles wie es ist, und es ist nicht schlecht. Ich weiß, dass die Typen, Investoren, reiche Familien und Schützen keine Ruhe geben werden, aber erst einmal bleibt alles beim Alten. Es ging mir heute darum, reinen Tisch zu machen."

„Etwas ändert sich schon", schaltete sich Marianne ein, „wir wollen hier ein soziokulturelles Zentrum etablieren, eine Anlaufstelle für alle Schichten und für jedes Alter. Hast du Lust, das zu organisieren?"

Winston fiel fast die Bratwurst von der Gabel. „Ihr meint, ich soll ..."

„Das besprechen wir ein andermal", entschied Drago, „ich will jetzt feiern. Aber du bist dabei, Winston."

10

Winston lenkte seinen alten Volvo durch die letzte Kurve auf den Parkplatz vor dem Danzturm. Er stieg aus, ging um den Wagen herum und bot Julia seine Hand, als die sich mit einer eleganten Bewegung aus dem Wagen schälte.

„Schönes Auto, dein Oldtimer, aber der Fortschritt hat auch vor den Sitzen nicht Halt gemacht", lächelte sie ihn an und massierte sich ihren Rücken. Gemeinsam gingen sie zu dem Aussichtspunkt oberhalb der großen Wiese.

„War schon lange nicht mehr hier", murmelte Winston nachdenklich, als er auf die Metalltafel blickte, die die Sehenswürdigkeiten in der Ferne erklärte.

„Ich bin sicher, es hat sich nichts verändert, der Turm ist noch da, die Wiese und die Berge. Sogar die Aussicht auf das Müllheizkraftwerk", lachte Julia, nahm Winston an die Hand und zog ihn zum Eingang des Restaurants. „Los, komm mit, ich verhungere gleich."

Sie nahmen an einem der Tische an der Glasfassade Platz. Der Blick über Iserlohn, das Tal und die Berge ließen sie einen Moment innehalten, bevor Julia ihm eine der beiden Karten reichte, die auf dem Tisch lagen. Winston nahm sie und blickte Julia an, ihre Augen leuchteten wie ihr Lächeln, fröhlich, verführerisch, verheißend.

„Nach was ist dir?", wollte sie wissen, während sie einen ersten Blick in die Karte warf.

Winston wollte eigentlich nur ein Schnitzel mit Pommes, das reichte ihm völlig. Aber es kam ihm in Julias Gegenwart zu profan vor, also schaute er sich das Angebot genauer an. Er liebäugelte kurz mit dem Danzturmkrüstchen, entschied sich aber nach wenigen Minuten für die Medaillons vom Rind, Schweinefilet und Pute, dazu Kroketten und Salat, den er wie üblich abbestellen würde, er brauchte keinen Kompost auf dem Teller. Julia studierte die Karte länger, genüsslicher, bevor sie mit dem Finger darauf tippte. „Ich nehme das

Lachsfilet an Dill-Senfsauce mit Blattspinat und Butterkartoffelscheiben, dazu einen trockenen Weißwein. Fährst du?", fragte sie rhetorisch mit einem vielversprechenden Lächeln, zu dem Winston nur „Natürlich" sagen konnte, während er verliebt ihre Augen, ihre wunderschönen langen Haare, ihre Grübchen am Mund und alles andere an ihr bewunderte.

„Wie bist du zum Schreiben gekommen? So ganz klassisch über die Schule oder ist diese Leidenschaft erst später erwacht? Und wie muss ich mir den Job eines freien Journalisten heute vorstellen? Geht das auch zum größten Teil übers Netz, für Blogs etwa, oder arbeitest du noch analog, nach alter Väter Sitte auf Papier?" Julia hatte die Hände auf der weißen Tischdecke übereinandergelegt und sah ihn interessiert an. Winston fiel der Kontrast zwischen ihrer leicht braunen Haut und dem Weiß der Decke auf. Sie schien zu den Menschen zu gehören, die schon durch den kleinsten Sonnenstrahl Farbe bekamen.

„Ja, eh, weißt du, ich glaube, ich muss dir was gestehen", stammelte er.

„Das ging aber schnell", lachte Julia, „unser zweites Date und du musst etwas gestehen. Was ist es denn? Bist du verheiratet, schwul oder vorbestraft? Na los, sag schon!"

„Nichts davon", sah er sie streng und mit gespielter Empörung an, „es ist nur so, dass ich meine Brötchen nicht mit dem Schreiben verdiene.

Das mache ich zwar auch, aber nur noch selten, obwohl es meine Leidenschaft ist. Ich arbeite übrigens gerade an meinem ersten Buch, und das dreht sich um den Job, mit dem ich mich über Wasser halte."

„Pornodarsteller." Die süffisante und leicht belustigte Art von Julia erwärmte Winston noch mehr für sie.

„Nein, ich bin Detektiv, private Ermittlungen. Ich habe zwar Germanistik und Philosophie studiert, bin aber nie zu einer Festanstellung als Redakteur gekommen. Und da habe ich nach einem Job gesucht, der dem eines Journalisten nahekommt, recherchieren, beobachten, analysieren, da gibt es durchaus Parallelen", erklärte er unsicher. „Allerdings fand das meine Frau nicht so prickelnd."

„Du brauchst dich nicht rechtfertigen", entschied sie, „welche Aufträge machst du denn, Scheidungen, Ladendiebstahl und diese ganze Palette?"

„Nein, als Kaufhausdetektiv trete ich nicht an", schüttelte Winston energisch den Kopf, „Ermittlungen in Scheidungen oder bei Verdacht auf Untreue gelegentlich, nur sehr ungern. Eigentlich nur dann, wenn es die Kassenlage fordert. Ansonsten sind Wirtschaftsdelikte meine Spezialität, Verdacht auf betrügerische Mitarbeiter, Unterschlagungen, in dieser Richtung. Tja, und so bin ich auch zum Casa gekommen", gestand er,

„ich ermittle dort für Ivan Drago."

„Dass du nicht wegen des Zeichnens gekommen bist, war mir klar", lächelte sie spöttisch, „ich dachte eher, du suchst Kontakt, nach einer Trennung oder so."

„Nein, und verstehe mich bitte nicht falsch, das ist mir sehr wichtig. Ich ermittle nicht gegen das Casa, Ivan wollte einfach wissen, wer die Leute sind, die sich für seine Fabrik interessieren, was sie tatsächlich vorhatten. Es hatten und haben einige Pläne mit dem Komplex und Ivan liegt an ihm."

„Machst du auch Gewaltverbrechen, ungeklärte Morde und solche Sachen?", überging sie seine Erklärung.

„Habe ich auch schon gemacht", nickte Winston, „im Auftrag von Versicherungen. Die drücken sich gern ums Zahlen, wenn die Summe fällig ist. Also wollen die wissen, ob der Dahingeschiedene tatsächlich durch einen Unfall ums Leben gekommen ist oder ob es Selbstmord war. Passiert übrigens öfter als man glaubt."

„Aber es ist doch nicht fair, wenn erst der Mann stirbt und dann die Witwe ohne Geld dasteht", runzelte Julia die Stirn, „macht dir das nichts aus?"

„Natürlich habe ich Bedenken", seufzte Winston, richtete sich auf und blickte durch das Panoramafenster auf Iserlohn und die Berge, ohne sie wahrzunehmen. „Ich gönne den Hinterbliebenen das Geld, aber wenn sie falsche

Angaben machen, ist es Versicherungsbetrug, ganz einfach. Aber eigentlich wollte ich nur", sah er wieder in ihre rehbraunen Augen, „dass du weißt, was ich so mache. Ich recherchiere im Casa und in der Fabrik, mehr kann ich dir zu meinen aktuellen Fällen leider nicht sagen. Aber wie sieht es bei dir aus? Eine Frau als Netzwerkspezialistin ist doch eher ungewöhnlich, denke ich, oder täusche ich mich da?"

„Ganz und gar nicht", lächelte sie und nahm seine Hand. Winston drückte ihre leicht und war glücklich, dass sein Geständnis, wie er es nannte, sie nicht abgestoßen hatte.

„Ich bin in dem Bereich sicher eine Exotin, ich kenne fast nur Männer, die dort arbeiten."

„Wie bist du dazu gekommen? Über Computer, einen technikbegeisterten Freund oder hat dich diese Materie schon immer fasziniert?"

„Eigentlich bin ich nur aus Trotz in diese Richtung gekommen", lachte sie.

Winston sah sie an. „Aus Trotz? Wie das?"

„Ach, es war mein Vater. Der hatte so ein konservatives Weltbild, ich glaube, das gibt es heute gar nicht mehr. Hoffe ich zumindest. Frauen gehören in die Familie, als Mütter, Männer in die Wirtschaft, allenfalls haben Frauen noch etwas mit Kindern zu tun, als Erzieherinnen oder so. Aber im Bereich Technik? Nie und nimmer, das stand für ihn fest, dafür waren Frauen nicht geschaffen. Er ist früh gestorben", flüsterte sie und nippte an ihrem Wein, „aber ich habe es ihm nicht verziehen und wollte es ihm beweisen, auch wenn er tot war. Tja, und so habe ich Informatik studiert", erklärte sie, lächelnd und um eine fröhliche Stimmung bemüht, „und ich bin ganz zufrieden mit meinem Job. Auch wenn ich früher als Kind und als Teenager was mit Pferden machen wollte, wie so viele Mädchen."

„Jetzt möchtest du etwas mehr Zeit für deine Kreativität. Noch habe ich nicht viel von deinen Zeichnungen gesehen, aber du solltest diesen Weg weiter ausbauen, du hast wirklich Talent, wenn ich das als Amateur so sagen darf."

„Darfst du, oft und gerne. Ja, ich möchte mehr zeichnen, und vielleicht, mit ganz viel Arbeit, reicht es irgendwann zu einer Ausstellung, das wäre ein Traum."

„Das im Casa zu organisieren wäre für dich zusammen mit deiner Mutter doch ein Kinderspiel."

„Das will ich nicht", schüttelte sie entschieden den Kopf, „ich will überzeugen. Wenn ich mehr Kontakte geknüpft habe, möchte ich zuerst an einem anderen Ort ausstellen. Aber sag mal, vorhin hast du nebenbei gesagt, dass deine Frau deine Berufswahl nicht so toll gefunden hat."

Winston lächelte innerlich, als er ihre Neugier spürte. „Sie hat viel Wert auf eine finanzielle Stabilität gelegt, und die konnte ich ihr nicht bieten. Sie hat zwar selbst gearbeitet, als Dozentin bei einem Bildungsträger, aber das hat ihr nicht gereicht. Macht nichts, damals war schon der Wurm in unserer Ehe. Im Nachhinein war es besser, dass es früher geendet ist, es wäre nur eine Quälerei gewesen."

„Hast du noch Kontakt zu ihr?"

„Nein, nach der Scheidung und der Auflösung der Wohnung habe ich sie nicht mehr gesehen, und das ist auch besser so. Und bei dir, bist du nur mit deinem Beruf verheiratet?"

„Bislang ja, bis vor kurzem, also bin ich auch so etwas wie geschieden", lächelte sie, „ich war tatsächlich wegen meinem Job viel unterwegs, für eine Beziehung blieb kaum Zeit. Klar gab es Männer in meinem Leben, aber es war nie von Dauer. Wer weiß, vielleicht ändert sich das auch bald." Die Art, wie sie ihn dabei ansah, machte Winston glücklich. „Da kommt unser Essen", drehte sie sich um, „wird auch Zeit, ich komme um vor Hunger, guten Appetit!"

Nach dem Essen ging Winston vor die Tür, um eine Zigarette zu rauchen, Julia folgte ihm.

„Irgendwann gewöhne ich mir das auch ab", blickte er nachdenklich auf die Selbstgedrehte. „Ist schon eigenartig, man macht Dinge, von denen man weiß, dass sie nicht gut für uns sind."

„Ein Risiko gibt es immer, im Beruf, der Freizeit, in der Liebe." Dabei lehnte sie sich an ihn und Winston spürte zum ersten Mal die Wärme ihres

Körpers. Es erregte ihn, sie so nah zu fühlen, sie zu riechen, bei ihr zu sein. Winston legte seinen Arm um ihre Taille und hoffte, dieser glückliche, intime und schwerelose Moment würde nie vergehen.

„Ich würde gern auf den Kaffee verzichten, Winston", flüsterte sie.

„Ich liebe dich", sagte er leise, „du bist so unglaublich schön, dein Lachen so warm und herzlich, ich kann nicht glauben, dass du mich meinst, Julia."

Schweigend legte sie ihm die Hand auf seine Wange und streichelte sie. „Du bist ein ganz besonderer Mensch. Ich mag deinen Stil, deine Unsicherheit, dein Zweifeln, dein Handeln und vor allem dein Gefühl für andere Menschen. Lass uns fahren."

11

„Daraus wird nichts."

„Wie, daraus wird nichts? Du hast es mir doch vor wenigen Tagen erst zugesagt."

„Zumindest vorläufig nicht, *chr*, tut mir leid." Ivan Drago schaute verlegen auf den Boden, der eigentlich bald zu Winstons Büro gehören sollte.

Der lehnte sich verwundert in dem alten Stuhl zurück, so kannte er Ivan nicht.

„Kannst du mir verraten, warum du deine Pläne geändert hast?"

„*Chr*, es geht nicht anders, *chr*." Die zunehmende Anzahl der *chr* ließen Winston auf eine steigende Nervosität schließen. Konnte oder wollte er ihm den Grund nicht nennen?

„Hat das mit der Feuerwehr zu tun, die gestern hier war? Im Moment machen die überall wegen dem Brandschutz Stress."

„*Chr*, indirekt, indirekt, ich rufe dich an, wenn ich mehr weiß." Damit drehte er sich um und schlurfte aus dem Büro. Winston blieb ratlos zurück. Nach einer nachdenklich gerauchten Zigarette nahm er sein Handy aus der Tasche.

„Hallo Hannes, sag mal, weißt du um irgendwelche neuen Gerüchte um die Fabrik? Untersuchungen? Hämmern? Wo denn? Alles klar, wir treffen uns heute Abend da. Ja, ich weiß, was ich mitbringen soll."

„Bist du bescheuert? Wir können doch nicht einfach die Wand einschlagen."

„Aber genau hier haben die Typen mit ihrem Gerät alles untersucht, hat mich sehr an ein Sonar erinnert, das Teil. Und anschließend haben die sich den Drago zur Brust genommen."

„Trotzdem, wir können ...“

Der erste Schlag mit dem Vorschlaghammer brachte die Wand zum Beben und hinterließ bereits eine mächtige Delle im Mauerwerk.

„Scheint ziemlich morsch zu sein“, orakelte Hannes, als er zum zweiten Schlag ausholte. Mit dem schaffte er bereits das erste Loch in der Backsteinwand.

„Ein Hohlraum, was habe ich gesagt!“, triumphierte er.

„Das müffelt aber mächtig da drin“, verzog Winston angewidert das Gesicht, als er einen Blick riskierte. „Los, die anderen Steine brechen wir vorsichtig mit den Händen nach vorne raus, wer weiß, was da drin ist.“

„Wenn überhaupt was da ist“, keuchte Hannes, den die beiden mächtigen Schläge ins Schnaufen gebracht hatten. Er reichte Winston eines der beiden Paar Arbeitshandschuhe, die er mitgebracht hatte. „Fang schon mal an, ich brauche noch 'ne kurze Pause.“

Winston brach die Steine raus, achtete dabei darauf, dass sie ihm nicht auf die Füße fielen und fluchte, weil er nicht an Arbeitskleidung gedacht hatte, Hemd und Hose waren jetzt schon reif für die Waschmaschine.

„Das muss reichen“, befand er, als er auf das Loch in der Wand blickte. Es war groß genug, um sich hineinzuzwängen und einen Blick zu riskieren. Er ging zu seinem Jackett, holte sein Handy raus und schaltete die Taschenlampe an. Dann steckte er, Handy voraus, seinen Kopf durch den Spalt in der Wand. Im Schein der Lampe sah er zunächst nur grauen Schutt.

„Keine Ahnung, wo es hier hingeht, ich glaube, wir müssen ... scheiße!", fluchte er laut, stieß sich den Kopf an der Mauer, als er ihn ruckartig rauszog und zu seiner Jacke lief. „Los, weg hier, und zwar schnell!", rief er zu Hannes, der ihn verdattert ansah.

„Aber ...“

„Nix aber, weg hier, schnell", befahl er und lief den Flur entlang, zurück zu Hannes Wohnung. Atemlos erreichte er die Tür, musste aber noch warten, bis er das Schnaufen seines Kumpels hörte. „Los, mach auf, verdammt!“

Mit zittrigen Fingern schloss Hannes auf, zog Winston hinein und schloss wieder ab. Wortlos ging er in die Küche, warf die Arbeitshandschuhe auf die Spüle, nahm zwei Flaschen Bier aus der Kiste, die Winston mitgebracht hatte und stellte sie auf den Wohnzimmertisch. Winston hatte bereits auf dem abgewetzten Sofa Platz genommen und stützte seinen Kopf in die Hände.

„Verdammt, was war los, was hast du gesehen?" Hannes sah seinen Kumpel besorgt an und gab ihm Zeit zu antworten.

Der schnaufte noch einmal durch, öffnete die Augen und sah Hannes an. „Knochen. Ich habe Knochen gesehen, Knochen und einen kleinen Schädel."

„Um Gottes Willen, das kann doch nicht wahr sein. Haben wir die ganzen Jahre neben einem eingemauerten Menschen gelebt? Hat der vielleicht noch gelebt, als der eingemauert wurde? Grauenhaft, diese Vorstellung. Und was bedeutet das für die Fabrik?"

„Mit Sicherheit nichts Gutes", orakelte Winston düster. „Und für mich schon gar nicht."

Die Nummer im Display sagte ihm nichts. „Schmidt."

„Baron vom Handwerks- und Dienstleistungszentrum, HDZ. Haben Sie heute Nachmittag Zeit für ein Gespräch, so gegen sechzehn Uhr? Ich frage Sie das in Ihrer Eigenschaft als Detektiv."

Winston witterte den Geruch von Geldscheinen. „Warten Sie einen Moment, ich schaue mal, ob ich Kapazitäten habe." Er hielt sein Handy für einige Sekunden am ausgestreckten Arm vom Ohr und räusperte sich, bevor er antwortete. „Es ist etwas knapp, aber eine halbe Stunde könnte ich mir freischaufeln. Nennen Sie mir bitte noch die Adresse?"

Nach dem Gespräch überlegte er, ob er jemals mit diesem Zentrum oder diesem Herrn Baron Kontakt hatte, aber beide Namen sagten ihm nichts. Um die Zeit zu überbrücken, in der er angeblich so beschäftigt war, fuhr er zu der alten Fabrik. Er parkte seinen Wagen auf dem breiten Mittelstreifen und ging zu der kleinen Sackgasse neben dem riesigen Gebäude. Die Autos, die dort standen, rochen förmlich nach Behörde. Sein Versuch, zu Hannes zu kommen, scheiterte schon am Eingang.

„Tut mir leid, Sie können hier nicht rein." Die langhaarige Blondine in der blauen Uniform lächelte ihn an. Sie war einen Kopf kleiner als Winston, aber er hatte keinen Zweifel, dass sie ihre Aussage auch durchsetzen würde. Er nickte und drehte ab. Dann rief er Hannes an.

„Ja, die sind seit heute Morgen hier und machen auf geheim, keine Ahnung, was die suchen. Sag denen bloß nicht, dass du gestern hier warst, und schon gar nichts von der Mauer, die wir ..."

„Hältst du mich für bescheuert? Natürlich nicht, ich war nie da", brummte er und legte auf.

„Es geht um Diebstahl, Herr Schmidt, in mehreren Fällen."

Winston betrachtete den fülligen Mann in seinem grauen Anzug. Anhand der in der Mitte seines Kopfes lückenhaften Haarpracht, seiner leicht faltigen Haut und seiner müden Augen schätzte er ihn auf Mitte Fünfzig, ein Mann, der wenig Spaß an seinem Job ausstrahlte.

„Was wurde gestohlen, und in welchem Zeitraum?"

Der Geschäftsführer des Bildungsträgers lehnte sich seufzend zurück. „Computer, Monitore, Tastaturen, Handys, Werkzeug, alles, was man leicht zu Geld machen kann. Ich habe mehrere Mitarbeiter in Verdacht, weil gelegentlich teure Qualitätsware bestellt, aber nur Ramsch geliefert wurde, wie wir bei einer Inventur festgestellt haben. Wer was bestellt hat, war nicht mehr nachzuvollziehen oder die Personen nicht mehr greifbar."

„Warum nicht?", wunderte sich Winston.

„Nun, Herr Schmidt, wandte sich der schwitzende Mann, „wir haben, bedingt durch unsere Strukturen, eine etwas höhere Personalfluktuation."

Anderes Wort für schlechte Bezahlung und beschissenes Arbeitsklima, dachte Winston. „In dem Fall muss ich in den Arbeitsalltag Ihrer Einrichtung eintauchen, Leute beobachten, Vertrauen gewinnen. In welcher Position wäre das möglich? Ich nehme an, Sie haben sich darüber bereits Gedanken gemacht?"

„Kennen Sie sich mit Computern aus?" Der Geschäftsführer beobachtete ihn lauernd.

„Ich weiß, wie man einen anschaltet und schreibt." Winston beschlich ein verdammt mulmiges Gefühl.

„Das reicht", grinste der Baron, „Sie sind unser neuer EDV-Dozent, herzlichen Glückwunsch. Morgen fangen Sie an!" Genießerisch und süffisant lächelnd lehnte er sich zurück und faltete die Hände über seinem Bauch. „In der Gruppe, die Sie übernehmen, sind zwanzig Leute, ganz unterschiedliche Vorkenntnisse.

„Nein, das geht nicht", antwortete Winston panisch, „ich weiß doch gar nicht, was ich denen erzählen soll, ich habe von EDV so viel Ahnung wie eine Kuh vom Seiltanz!"

„Machen Sie sich darüber keine Gedanken", winkte der Geschäftsführer lässig ab, „kopieren Sie einfach das Handbuch, verteilen es und bilden Sie Arbeitsgruppen, das reicht. Und wenn jemand fachliche Hilfe will, sagen Sie ihm, er soll F1 drücken."

„Trotzdem, morgen geht nicht", versuchte sich Winston einen Puffer zu verschaffen, „erst ab Montag."

„Okay, ab Montag", gab der Mann klein bei, „Ihr Honorar bekommen Sie nach Beendigung des Auftrags."

„EDV-Dozent, du?" Schallend lachend knallte Hannes die Kaffeetasse auf die braunen Kacheln des Wohnzimmertisches.

„Ja, verdammt noch mal, ich hab' doch auch keine Ahnung, was ich denen erzählen soll. Und Unterricht gegeben habe ich auch noch nie, ich hab' ..."

„... die Hosen voll", grinste sein Freund im fleckigen braunen T-Shirt. „Beruhige dich, bleib locker und mach es so, wie es der Mann gesagt hat, dann wird nichts schiefgehen."

„Du hast leicht reden, du musst dich ja nicht blamieren." Nervös zog Winston an seiner Zigarette.

„Alles gut, Kumpel, trink dir noch ein Bier und entspann dich, du wirst sehen, es wird gut."

Seufzend schob Winston das Thema zur Seite. „Hast du was von unserem Fund gehört?"

Hannes schüttelte den Kopf. „Nichts Konkretes. Natürlich wird viel getuschelt, aber solange die Sache nicht geklärt ist, wird aus dem Zentrum nichts, sagt Ivan Drago. Der war gestern hier", schob er nach, als er Winstons fragenden Blick sah. „Scheinbar hat er mächtig Angst, dass die jetzt den gesamten Komplex auf den Kopf stellen und weitere Hohlräume oder etwas Anderes suchen. Und das ..."

„... könnte das Ende für das Zentrum bedeuten", schloss Winston.

„Nicht nur dafür. Wenn durch die Untersuchungen die Mieter verscheucht werden, könnte es für die gesamte Fabrik das Aus bedeuten."

Winston nickte. „So viel Kohle hat selbst Ivan nicht."

„Was wollen Sie mir denn noch beibringen?" Das „Sie" betonte er dabei extrem, während sich der junge dicke Mann aufreizend lässig im Schreibtischstuhl flegelte. „Ich baue Webseiten in HTML, programmiere Apps und habe als Systemadministrator und Netzwerkbetreuer gearbeitet, und Sie?" Das hämische Grinsen über dem hellen Vollbart forderte von Winston eine stichhaltige Antwort.

„Ich? Ich wundere mich, dass ein so qualifizierter Mann wie Sie an einer Maßnahme des Jobcenters teilnehmen muss", nuschelte Winston ergeben und hoffte inständig, dass der dicke Mann log. So viel Erfahrung konnte der noch gar nicht haben, er schätzte ihn auf Anfang dreißig. Wahrscheinlich war der Dicke einfach zu faul. Jedenfalls ermunterte ihn das vorsichtige Gelächter der anderen neunzehn Teilnehmer. Anschließend erklärte er die Funktion jeder Taste der Tastatur und ließ die Leute unter widerwilligem Stöhnen einen längeren Text abtippen. Seine erste Unterrichtsstunde war geschafft.

Missmutig schlurfte er zur Teeküche, in der sich die anderen Dozenten bereits versammelt hatten. *Wieso eigentlich Teeküche*, fragte er sich, *die trinken doch alle Kaffee.* Drei Männer und eine Frau saßen auf den alten Holzstühlen rund um einen ausgedienten Resopaltisch. Auch die minimale Küchenausstattung mit Spüle, Kaffeemaschine, Kühlschrank, Herd und Wasserkocher verströmte den Charme der siebziger Jahre. Die dürften auch die Geburtsjahre der Anwesenden beheimaten, die ihn mit nur geringer Neugier ansahen.

„Nimm dir einen Kaffee und setz dich", schlug die Frau mit den langen dunkelblonden Haaren vor. „Bist du die Vertretung von Jürgen?"

Winston zuckte mit den Schultern und setzte sich auf den ungepolsterten Stuhl, der sicher auch schon einige Kriege erlebt hatte. „Scheint so, bin ganz kurzfristig eingesprungen, keine Ahnung, wen ich vertrete."

„Dann bist du bei Hartz zwei", nickte die stämmige Frau, deren faltige Gesichtshaut reichlich Platz für Puder bot.

„Zwei? Ich dachte, das heißt vier?" Winston ahnte, dass er bei seiner Frage nicht den intelligentesten Eindruck machte.

„Wir haben hier drei Gruppen von den Hartzern", erklärte ein Mann im grauen Anzug, dessen offenes weißes Hemd sich über einem mächtigen Bauch spannte. „Die nummerieren wir einfach durch, Namen merken lohnt nicht, so schnell wie die wieder weg sind." Das leichte Lachen der anderen signalisierte Zustimmung. „Ich bin bei den Rehas und der Kollege da", zeigte er auf einen dünnen Mann mit traurigen Augen, „macht die Fassaden."

„Fassaden? Was für Fassaden?", hakte Winston unsicher nach.

„Fassadenmaler", erklärte der Dicke geduldig, „das sind die, bei denen es für eine Ausbildung zum Maler nicht reicht. Denen musst du morgens noch die Schuhe zubinden", lachte er. „Wo willst du denn schon wieder hin? Wir haben noch zehn Minuten Pause."

„Muss noch Kopien machen", murmelte Winston und stand auf.

Der dicke Mann winkte ab. „Sag ihnen einfach, sie sollen F1 drücken."

„Ich glaube, die sind hinter uns her."

„Da sind eine ganze Menge Leute hinter uns her", grinste Winston und nahm einen Schluck Kaffee aus dem Plastikbecher. Sie saßen im Schatten auf einer Bank am Seilersee und blickten auf das Wasser. Die Enten und Gänse, die neugierig und auf Futter wartend watschelnd zu ihnen kamen, hatten sich mittlerweile enttäuscht wieder verzogen und versuchten ihr Glück woanders. „Meinst du die alten Rocker, die verbitterten Schützen oder die Bewohner der Fabrik, die meinen, wir hätten sie verraten?"

„Nee, die haben sich mittlerweile entspannt, wir können ja bleiben, wenn es auch nicht mehr so sein wird wie früher."

„Du meinst, so autonom und frei von Zwängen."

Hannes seufzte. „Ja, genau das, es wird ein anderes Leben sein, viel bürgerlicher."

„Also, wer ist hinter uns her?", wollte Winston wissen, während er zwei Kanadagänse dabei beobachtete, wie sie den Fußweg mit ihren Hinterlassenschaften verschönerten.

„Die Bullen. Man munkelt, es geht um die durchbrochene Mauer."

„Wie kommen die denn auf uns?", schwante Winston nichts Gutes. „Uns hat doch keiner gesehen."

Hannes zuckte mit den Schultern. „Keine Ahnung. Vielleicht hat uns doch jemand beobachtet."

„Einer aus der Fabrik? Glaube ich nicht, die verpfeifen uns doch nicht, deren Verhältnis zur Polizei ist, sagen wir mal, grundsätzlich etwas angespannt."

„Was soll's, warten wir es ab. Wir waren nie an der Mauer und wissen von nichts, ganz einfach. Hast du mal wieder Ivan Drago gesprochen?"

„Nein, leider nicht, aber du bringst mich auf eine Idee. Ich werde gleich mal seine Frau anrufen, vielleicht erfahre ich von der was."

„Mach das. Hast du heute Abend Zeit? Ein paar von den Jungs wollen später den Grill anwerfen."

„Gerne, ich bringe eine Packung Würstchen mit."

„Können auch zwei sein", grinste Hannes.

12

„Und wie kommt die dahin?" Der Kommissar hielt ihm ein Foto unter die Nase, auf dem Winston eine verdreckte Visitenkarte sah. Seine Visitenkarte. Er starrte auf das Foto, bewegte den Kiefer, brachte aber keinen Ton über die Lippen, sein Hals war ausgetrocknet. „Und erzählen Sie mir nicht, die hätten Sie auf dem Gang verloren, die lag im Inneren des Hohlraumes, auf dem Boden."

Panisch suchte Winston nach einer Antwort, aber, verdammt, wie kam die Karte dorthin? Sein Handy! Sie musste an seinem Handy geklebt haben, als er es als Taschenlampe gebraucht hatte. Er entschloss sich, die Wahrheit zu sagen. Naja, die halbe Wahrheit.

„Ich war zufällig bei einem Freund in der Fabrik, da habe ich Lärm gehört, als ob einer gegen eine Wand hämmert. Ich dachte, vielleicht braucht jemand Hilfe, also bin ich losgegangen, um nachzusehen. Da habe ich das Loch entdeckt und kurz reingeleuchtet, das war alles. Ich habe aber niemanden gesehen, also bin ich wieder zurückgegangen. Was hat es denn mit diesem Hohlraum auf sich?" Winston lehnte sich zurück, froh darüber, so schnell eine glaubhafte Antwort gefunden zu haben.

„Und Sie hatten bei ihrem kleinen Spaziergang nicht zufällig einen Vorschlaghammer dabei?"

„Wirklich, ich habe nur reingeleuchtet, aber nichts entdeckt", stammelte Winston. Warum machte der dicke Beamte so einen Wirbel?

„Dann hoffe ich für Sie, dass sie tatsächlich nichts mit dem kleinen Skelett zu tun hatten. Guten Tag!"

„Ein kleines Skelett war das? Ach du scheiße, in was sind wir da reingeraten?"

„Und wie kommen wir da wieder raus", nuschelte Winston und drehte die Flasche zwischen seinen Händen.

„Aber streng genommen haben wir doch gar nichts gemacht", versuchte sich Hannes etwas lauter als gewollt zu rechtfertigen.

„Außer vielleicht das Skelett eines Kindes geklaut zu haben", schnaubte Winston.

„Geklaut? Wieso geklaut? Die Knochen lagen doch noch da."

„Aber jetzt sind sie weg. Nach uns muss noch jemand da gewesen sein und hat sie mitgenommen. Ich habe mit Marianne Wedler gesprochen, Dragos Freundin. Und die hat mir gesagt, dass irgendwelche Wissenschaftler den Hohlraum untersucht und das Skelett entdeckt haben, keine Ahnung, ob man das Verfahren Röntgen nennt, Auf jeden Fall haben die Aufnahmen davon. Und jetzt ist es weg, und meine Visitenkarte lag dort."

„Georadar nennt man das", nuschelte Hannes beiläufig.

Winston stutzte, bis er sich erinnerte, dass sein Kumpel Ingenieur ist. „Marianne sagte, dass die Wand am nächsten Tag aufgebrochen werden sollte. Und ich steh jetzt als Knochendieb dar."

„Störung der Totenruhe würde es eher treffen. Verdammt, wer hat sich denn nach uns die Knochen gegriffen?"

„Keine Ahnung, ich habe niemanden gesehen oder gehört. Aber was will denn jemand mit ein paar alten Knochen? An den Hund verfüttern? Wieder zusammenkleben? Sich ins Regal stellen?"

„Da draußen sind so viele merkwürdige Gestalten unterwegs, irgendein Irrer findet sich schon. Das heißt", verbesserte sich Winston, „wir müssen ihn finden."

Hannes nahm einen tiefen Zug, stieß genüsslich den Rauch aus und nickte. „Hast du auch schon eine Idee, wie wir den finden, du Detektiv? Wir haben doch nichts in der Hand."

„Der oder diejenige muss hier in der Fabrik sein. Fällt dir jemand von den Bewohnern ein, der so schräg ist, ein Skelett zu klauen?"

Hannes schwieg, nahm einen Schluck Bier und lächelte. „Hier wohnen eine Menge Freaks, denen ich eine Menge Dinge zutraue, vor allem, wenn sie nicht ganz klar in der Birne sind."

„Was ja wohl für die meisten den ganzen Tag zutrifft", nickte Winston. „Also, hörst du dich um?"

„Klar, mache ich, du Knochendieb. Bin gespannt, was als Nächstes kommt."

Gundula tänzelte auf Zehenspitzen durch den Raum, summte ein Lied, versetzte mit ausgestreckten Armen ihre orangefarbene Stola in Wellenbewegungen, drehte sich im Kreis und war glücklich.

Achtzig Kilo tanzendes unbeschwertes Glück, dachte Winston, während er ihr zusah und wartete, bis sie wieder zu einem Gespräch mit ihm auf die Erde zurückkehren würde. Sie hatte ihm von ihrem neuen Kurs erzählt, den sie besuchte, Erweckung der Kundalini-Kraft. Offenbar wurde sie sich gerade der Macht ihrer Chakren-Kräfte bewusst und verstand die kosmische Sprache, bevor sie dem höheren Selbst begegnete. Winston fuhr sich mit der Hand durch seine lockigen Haare und sehnte sich nach einem Bier und einer Zigarette. Das schien noch zu dauern, bevor das Raumschiff Gundula den Wiedereintritt in die Erdatmosphäre wagte. Oder war sie so glücklich, weil ihre fette Katze Constanze aufgetaucht war und keinen Chip im Hirn hatte? Gesehen hatte er sie noch nicht, und auch der Fressnapf war leer.

Lalalalalallaala, schwebte sie an ihm vorbei und ließ achtlos ein altes Foto fallen. Winston hob es auf und warf einen Blick darauf. Ein alter Mann, in einem Sepiafarbton, Winston sagte das Bild nichts, auch die Rückseite gab keine Auskunft.

„Das ist Professor Danz", lächelte sie ihn selig bei ihrem nächsten Vorbeiflug an.

„Der, nach dem der Turm benannt ist?" Winston hatte den Namen schon gehört, überlegte aber krampfhaft, was der ihm in welchem Zusammenhang sagen sollte.

„Sein Geist hat Constanze entführt", klärte ihn Gundula auf, „er will sie mir heute Abend zurückgeben. Und du, mein Lieber, sollst dabei sein."

Der Geist des Iserlohner Ehrenbürgers Professor Ernst Danz war in die fette Constanze gefahren? Ein Gespenst mit fragwürdigem Geschmack. „Wann und wo will denn der Geist Constanze bei dir abliefern?"

„Heute Abend, um acht Uhr, in der Kunstfabrik Casa b."

„Warum ausgerechnet dort?" Er hatte seine armseligen Versuche, sich zeichnerisch auszudrücken, eingestellt.

„Ich bin dort Dozentin", ließ sie ihn bei ihrem nächsten Umlauf wissen, „ich unterrichte Tantra-Töpfern."

Winston seufzte und ging, in seinem Kopf schwirrten schon genug merkwürdige Sachen herum.

Am Abend war er wie verabredet zur Stelle. Er parkte seinen Wagen vor dem roten Flachbau und ging zu dem überdachten Eingang. Gundula musste schon da sein, die schwere Metalltür war nur angelehnt. Er entschied sich, nicht nach ihr zu rufen, schob die Tür vorsichtig auf und ging hinein, interessiert beobachtet von einer Katze. Constanze. Die Entführung schien es also tatsächlich gegeben zu haben, und sie war dem Tier gut bekommen, sie hatte abgenommen. Vorsichtig miaute sie ihn an. Ein buntes, kreatives und sympathisches Chaos empfing ihn. „Hallo" rufend ging er den kleinen Flur entlang zu der offenen Fläche, an deren Ende sich die Bühne befand, auf ihr lehnten einige Bilder und Staffeleien an den Wänden. Links von ihm war eine gemütliche Ecke mit Rattan-Stühlen und einem runden Tisch. Der rechte Bereich war frei, bis auf der Ecke, in der Gundula lag, eingehüllt in einem Teppich aus bunten Tüchern. *Scheiße*, dachte Winston, *jetzt habe ich auch noch eine Leiche am Hals*. Er beugte sich zu Gundula hinunter, sagte ihren Namen und streichelte über ihre roten Haare. Das reichte zur Wiederauferstehung, die Leiche stöhnte und machte die Augen auf.

„Gundula, was ist passiert? Geht es dir gut?" Die Dämlichkeit seiner zweiten Frage ging ihm im selben Tempo auf wie sie ihm über die Lippen kam.

„Constanze?", flüsterte sie heiser, „Ist Constanze hier?"

Die fette Katze scherte sich einen Dreck um ihre Dosenöffnerin und erkundete schnuppernd und kletternd das Casa.

„Bleib liegen, Gundula, ich rufe einen Arzt." Winston holte sein Handy raus und rief den Notarzt sowie die Polizei an. Schon nach kurzer Zeit hörte er das Martinshorn, während er weiter Gundula streichelte, die sich auf die Seite gelegt hatte. Er entdeckte eine blutige Stelle in ihren Haaren, entweder war sie gestürzt oder jemand hatte sie niedergeschlagen. Er machte Platz für den Arzt, der sich sofort mit einem Sanitäter um die Verletzte kümmerte.

„Sie schon wieder?"

Winston drehte sich zu der Stimme um und fluchte innerlich. Kriminalhauptkommissar Franz Cordes, der Mann, der ihm seine Visitenkarte unter die Nase gehalten hatte.

„Ist ja ein merkwürdiger Zufall, was haben Sie denn mit der Dame zu tun?", fragte der Beamte lauernd.

„Also, ich sollte auf sie aufpassen, weil ihre Katze entführt war und der Geist sie heute wiederbringen wollte, also ..."

„Haben Sie getrunken?" Es schien, als sei der gemütliche Dicke ärgerlich. „Was erzählen Sie mir für einen Unsinn? Haben Sie sie niedergeschlagen?"

„Unsinn, natürlich nicht", lächelte Winston verlegen, „Gundula ist das Gegenteil von niedergeschlagen, wenn Sie verstehen, was ich meine."

„Morgen um neun in meinem Büro." Der Kommissar drehte sich um und ging.

„Hast du den Mann erkannt?"

Gundula drückte sich den frischen Eisbeutel auf den Kopf und nahm noch einen ihrer Kräuterkekse. Sie bot Winston auch welche an, und wie immer lehnte er dankend ab. Die Wirkung dieser Kekse auf ihn war verheerend, alles drehte sich, aber er war damals bei seinem ersten Versuch sehr entspannt und fröhlich. Sie schüttelte den Kopf, was nicht die beste Idee war, wie ihr schmerzverzerrtes Gesicht zeigte.

„Es ging alles so schnell. Constanze lief frei herum und ich habe mich so gefreut, sie wiederzusehen. Als ich mich nach ihr gebückt habe, spürte ich einen Schlag, aus dem Augenwinkel habe ich nur eine krumme Nase und graue Haare gesehen, das war alles."

„Hast du das der Polizei erzählt?" Er erinnerte sich nur ungern an sein Gespräch vorhin mit Kommissar Franz Cordes.

„Ich glaube schon. Womit hat der mich niedergeschlagen, einem Hammer?"

„Nein, der hat dir eine Klangschale übergezogen, hast Glück gehabt. Erhol dich gut, ich muss jetzt gehen."

Winston stieg in seinen Skoda und fuhr zum HDZ. Er hatte heute noch einige Stunden mit seiner Gruppe, seine Freude darüber hielt sich in Grenzen. Er musste sie irgendwie beschäftigen und herausfinden, wer von den Kollegen in dem Laden alles klaute, was ihm vor die Nase kam.

„Schönen guten Tag zusammen, wie geht es Ihnen?" Winston hatte nicht ernsthaft mit einer Antwort gerechnet, nur der fette Sack grinste ihn wieder herausfordernd an. „Lassen Sie uns in den EDV-Raum gehen, was haben Sie heute bis jetzt gemacht?"

„Beschäftigungstherapie", grinste der Dicke und gähnte ausgiebig. Winston drehte sich um und ging voraus. Er stellte den Karton mit den Kopien ab und schloss auf. „Kommen Sie rein, nehmen Sie Platz und schalten Sie die Computer an."

Er stellte den Karton auf seinen Schreibtisch und seufzte, als sich der Dicke schon wieder meldete und ihn unverschämt angrinste. „Welche Computer denn?"

„Na, die, die unter den Tischen ..." Ihm blieb der Mund offenstehen, als er unter die zwanzig Tische schaute. Kabel baumelten in der Luft, Kabel, die eigentlich an Computer und Monitore angeschlossen sein sollten. Winston hoffte, dass er nicht so dämlich aussah wie er sich fühlte.

„Ich weiß zwar nicht, warum jemand diesen Schrott geklaut hat, aber die Dinger sind weg." Das Grinsen des Dicken passte kaum noch in den Raum. Aber leider hatte er recht, die Computer waren verschwunden.

„Verdammte Schweinerei!" Michael Baron war sauer. „Das waren unsere besten Rechner, verflucht! Und der Raum war tatsächlich abgeschlossen?"

Winston nickte. „Es muss also ein Mitarbeiter gewesen sein, heute Morgen oder noch gestern. Wer hat einen Schlüssel zu dem Raum?"

„Die festen Mitarbeiter, der Schlüssel passt für alle Räume. Die Honorarkräfte bekommen keinen Schlüssel."

„So wie ich, aber es kommen auch die Reinigungskräfte in Frage."

„Stimmt, wir arbeiten schon seit Jahren mit der gleichen Firma und den gleichen Kräften zusammen, bis jetzt gab es nie einen Grund zur Klage. Nein, ich gehe davon aus, dass es ein Mitarbeiter ist."

„Haben Sie jemanden in Verdacht? Einen auffälligen Mitarbeiter oder einen, der vielleicht in finanziellen Schwierigkeiten steckt? Und der mal eben zwanzig Computer transportieren kann?"

Der Geschäftsführer schüttelte langsam den Kopf. „Wie Sie wissen, ist unsere Bezahlung wie in diesem Markt üblich nicht die höchste."

Eben, und für die wenige Kohle bekommst du auch nur Nieten, dachte Winston.

„Bei manchen frage ich mich schon, wie sie ihren Lebensstil finanzieren. Einer reist viel, der andere ist Jäger, solche Sachen eben."

„Dann fangen wir bei denen an, wer sind die?"

„Der eine ist Hausmeister, der andere Ausbilder Metall. Kommen Sie, ich stelle Sie ihnen vor. Und einige andere Mitarbeiter auch noch, damit es bei den beiden nicht auffällt."

„So, du bist also der Vogel, der sich den Computerraum ausräumen lässt?"

Das hämische Grinsen in dem kahlen Schädel stempelte ihn in Winstons Gedanken zum Täter. Keine Frage, der Blödmann war es. Flegelte sich breitbeinig auf seinem Stuhl, einen Becher Kaffee in der Pranke und sah ihn herausfordernd an. Winston freute sich schon darauf, diesen Evolutionsschädling zu überführen und den wimmernden und weinenden Wicht zum Geschäftsführer zu zerren, damit er seine gerechte Strafe bekam, die sofortige Verdammnis und ein qualvolles Leben in der glutheißen Hölle, geknechtet von schwulen sadistischen Leder-Bodybuildern.

„Alles in Ordnung bei Ihnen?" Besorgt sah Michael Baron in Winstons blutunterlaufene Augen.

Mitten in dessen schönen bluttriefenden Traum schellte sein Handy. „Schmidt."

„Chr."

Ivan. „Was kann ich für dich tun?"

„Chr. Musst mich begleiten, zum Haus von Bilalhali, ich muss dort noch ein paar Sachen holen."

Und hast Angst, dass die dich wieder einkassieren. „Geht klar. Heute Nachmittag? Kein Problem, ich komme zu dir."

Gemeinsam stiegen sie vor dem rosafarbenen Haus aus Winstons Skoda. Wie immer waren die alten Holzrollläden heruntergelassen, und wie üblich empfing sie der matte Schein einer schwachen Glühbirne, als ihnen der Geschäftsführer der Sekte die Tür öffnete.

„Ich habe deine Sachen bereits zusammengestellt, Ivan", lächelte der seinen Besuch an, „es ist nicht viel und ich hoffe doch, dass du zukünftig wieder den Weg zu uns finden wirst."

Ivan schwieg, und Winston sah fast durch den Mann hindurch, diese graue, fast mit dem Hintergrund verschmelzende Gestalt, diese langen, schütteren hellgrauen Haare, die stechenden Augen, die krumme Nase ... krumme Nase? Graue Haare? Die hatte Gundula doch bei dem Anschlag auf sie im Casa gesehen. Sicher, es gab viele ältere Männer mit einer krummen Nase und grauen Haaren, aber war das tatsächlich Zufall? Nachdenklich sah Winston ihn an, dessen Blick etwas wie Vergebung und Verstehen ausdrückte. Bestand zwischen ihm und Gundula ein Zusammenhang? Zwischen der Sekte und ihr? Durchgeknallt genug war sie ja, das passte schon. Hätte dann nicht Ivan davon erzählt? Obwohl, auch der war ja ... Winston wurde bewusst, dass er es in der letzten Zeit nur noch mit merkwürdigen Gestalten zu tun hatte. Er beschloss, gleich im Anschluss Gundula einen Besuch abzustatten.

„Keine Spur, gar nichts." Seufzend drehte Winston das Würstchen mit der Metallzange auf dem kleinen Gussgrill um. „Sie wisse von keiner

Verbindung, allerdings war sie heute auch wieder ziemlich entrückt. Muss an den Keksen gelegen haben."

Hannes grinste und nahm einen Schluck aus der Flasche. „Habe ich mich nie getraut, dass mit den Keksen oder dem Rauchen. Und jetzt? Wie willst du weitermachen?"

„Ich werde morgen mit Ivans Partnerin, Marianne Wedler, sprechen, vielleicht erfahre ich von der mehr. Ivan weiß bestimmt etwas, ich habe nur den Eindruck, dass er damit nicht rausrückt. Irgendetwas verschweigt er. Übrigens, kannst du mir in einer anderen Sache helfen?"

„Denke schon, worum geht es?"

Winston legte zwei Würstchen auf zwei Teller, gab einen Hannes, der reichlich Ketchup und Curry auf die braune Wurst kippte. Winston aß sie lieber ohne alles und biss vorsichtig hinein. „Um die geklauten Computer. Irgendwann wird der Typ die zu Geld machen wollen und sie im Internet anbieten."

Stirnrunzelnd drehte sich Hannes zu seinem Kumpel um. „Meinst du wirklich, der bietet die im Block an? So dämlich kann doch keiner sein, das fällt doch auf."

„Vielleicht nicht alle zwanzig zusammen, aber achte doch mal bitte drauf, ob jemand diesen Typ PC nach und nach verkaufen will." Er reichte ihm einen Zettel mit dem Namen des Herstellers und den technischen Daten rüber. „Übrigens, der Kerl, den ich in Verdacht habe, ist mindestens so dämlich. Und wenn so ein Rechner auftaucht, fahr bitte hin und schau ihn dir an, ein Foto gebe ich dir noch."

Hannes zuckte mit den Schultern. „Ich habe kein Auto."

„Du kannst meinen Skoda dafür haben."

„Den kennt der doch", grinste Hannes, „dann weiß er, was da läuft. Also muss ich wohl deinen Volvo nehmen. Brauchst auch keine Angst haben, ich kenne mich mit dem aus."

Winston schluckte. Seinen Volvo hatte noch nie jemand anderes gefahren, noch nicht einmal seine Ex. „Also gut, aber nur für dieses eine Mal. Und wehe, du verbeulst ihn mir."

Marianne Wedler strich sich die Haare hinters Ohr und beugte sich über die Papiere. Dieser Klingenschmidt von der Senioren Invest machte Druck, die blieben bei ihrem Plan, wollten den Umbau der alten Fabrik beginnen, lieber gestern als heute. Bestritten die Existenz des ablehnenden Briefes, beriefen sich auf eine mündliche Absprache, die es nie gegeben hatte, setzten ihnen eine Frist, drohten mit Konsequenzen, teuren Konsequenzen, eine saftige Vertragsstrafe. Ein Wahnsinn, das konnten sie nie und nimmer aufbringen. Und doch verstand sie ihn, sie hätte nicht anders gehandelt. Aber was sollte sie, verdammt noch mal, machen? Selbst wenn Ivan an die verkaufen wollte, die Ermittlungen wegen des Skeletts blockierten das gesamte Projekt, Polizei und Staatsanwaltschaft hatten den Daumen drauf, und sie und Ivan den Schaden. Sie nahm einen großen Schluck Rotwein, stöhnte und ließ sich in die Polster sinken. Das Problem musste weg, und zwar verdammt schnell. Es musste so schnell verschwinden wie die Knochen des Skeletts. Nein, die Knochen mussten wieder auftauchen, damit das Problem verschwand. Aber wer hatte sie gestohlen? Das *Warum* verkniff sie sich, das hatte Zeit. War es tatsächlich Winston? Auch wenn die Polizei das annahm, sie konnte es sich nicht denken. Er war ein Chaot, aber ein Mann mit klarem Verstand, meistens zumindest. Sie hatte kurz überlegt sich andere Knochen zu besorgen, woher auch immer. Aber das würden die Experten der Kripo sicher bemerken, es schied als Lösung aus. Und sie war froh darüber, sie mochte sich gar nicht vorstellen, Kinderknochen kaufen zu müssen. Sie schüttelte sich und nahm noch einen Schluck Wein. Nein, Winston würde noch einen weiteren Auftrag bekommen, er musste die Knochen wiederfinden. Knochen für Kohle.

Winston hatte am frühen Morgen schon Lust, zu feiern. Aber das würde er nicht machen. Auch wenn er ein Skelett wiederbeschaffen sollte, das er angeblich selbst gestohlen hatte. Er freute sich über den neuen Auftrag und verzweifelte an ihm. Was sollte er eigentlich mit der ganzen Kohle machen? Ivan bezahlte ihn, der Bildungsträger und jetzt auch noch Marianne. Winston hatte sich noch nie mit Immobilien beschäftigt, am Wochenende nahm er sich vor, die Preise zu studieren. Aber jetzt brauchte er Knochen, und deshalb rief er nach einem starken Kaffee und einer Zigarette Ivan an.

Winston schirmte die Glut seiner Zigarette gegen die Dunkelheit ab. Auch wenn er weit und breit niemanden gesehen hatte, wollte er auf keinen Fall entdeckt werden. Das würde das Ende seiner Detektiv-Karriere bedeuten, das war sicher. Nervös nestelte er sein Handy aus der Brusttasche, legte eine Hand über das Display und tippte auf Hannes' Nummer.

„Verdammt, wo bleibst du?", flüsterte er aufgeregt. „Ich friere mir hier den Arsch ab, wo bist du?"

„Ich hab' doch nicht gedacht, dass du das ernst meinst, reg' dich nicht auf, ich komme, bin ganz in der Nähe."

Winston beendete das Gespräch. Was war da? Hat da nicht ein Zweig geknackt? War da jemand, hatte ihn einer bemerkt? Vorsichtig hob er den Kopf aus der Deckung, spähte nach allen Richtungen in die Dunkelheit, konnte aber nichts erkennen. Nicht einmal Umrisse zeichneten sich in dieser Finsternis ab. Doch, da war ein Geräusch! Verdammt, wer trieb sich um diese Uhrzeit hier herum? Er duckte sich noch tiefer hinter die Hecke. Es knackte wieder, lauter, noch einmal, und das Geräusch bewegte sich in seine Richtung. Winston sah schon die Schlagzeilen, wie er geprügelt und verachtet wurde, Hartz-Vier beantragen musste, ihn die Sachbearbeiterin herablassend ansah, spürte den Zorn und die Verachtung der Menschen, im Internet und auf der Straße. Sollte er aus Iserlohn wegziehen, weit weg, wo ihn niemand kennt? Es würde ihm die Hölle, die ihm drohte, ersparen. Es knackte zum letzten Mal, direkt neben ihm. Winston traute sich nicht, die Augen zu öffnen und nach oben zu sehen. Er war erledigt, sein Leben endete hier und jetzt. Er spürte etwas Feuchtes an seiner Hand, mit der er sich auf dem Boden abstützte, es bewegte sich, auf und ab, vor und zurück, lautlos. Langsam öffnete er die Augen, noch rechtzeitig, bevor das Kaninchen in der Nacht verschwand. Erschöpft atmete er aus, spürte die Erleichterung und die Müdigkeit.

„Wat krauchst du denn hier im Dreck rum?"

„Tsch, tsch, tsch, verdammt noch mal, sei leise und duck dich, na los, verdammt!", flüsterte er erschrocken.

„Alles gut bei dir?" Hannes ging in die Knie und sah Winston besorgt an. „Und kannst du mir verraten, warum ich mich mit dir nachts auf einem Friedhof treffen soll?"

Winston roch keinen Alkohol, Hannes war nüchtern. „Es ist wegen der Knochen, ich habe mit

Ivan gesprochen und der meinte, es wäre eine gute Idee ..."

„Vergiss es, Kollege, und komm mit, sofort!" Hannes stand auf und zog Winston hoch. Erstaunlich zielsicher führte er ihn durch die Dunkelheit zum kleinen Parkplatz hinter dem Bahndamm.

„Ich hätte es doch auch nicht gekonnt", sagte Winston leise, nachdem sie eingestiegen waren. Sie blieben noch einen Moment in der Stille sitzen.

„Und warum bist du heute Nacht hier?" Winston hörte durchaus die Schärfe in der Frage seines Kumpels.

„Um zu testen, wie es sich anfühlt, oder siehst du hier irgendwo einen Spaten? Na also, aber mir sitzen die Bullen im Nacken."

„Kann ich ja verstehen", murmelte Hannes, „hast du vielleicht eine Ahnung, einen Verdacht?"

Winston startete den Motor. „Nur einen ganz vagen, Gundula hat bei dem Überfall lange graue Haare und eine krumme Nase gesehen, und beides habe ich bei Fjodor Lallensack erkannt. Aber wie das zusammenhängen kann, weiß ich nicht."

„Wieso sollte der ihre Katze entführen? Um ihr einen Chip einzupflanzen sicher nicht. Vielleicht sollten wir ihm einen Besuch abstatten."

„Glaubst du ernsthaft, der erzählt uns das, wenn wir ihn höflich fragen?"

146

„Ich meinte, wenn er nicht da ist, das Haus von dieser merkwürdigen Sekte leer ist."

„Einbrechen, spinnst du? Was meinst du, wenn wir erwischt werden?"

„Ist wahrscheinlich nicht so schlimm wie Grabschändung."

„Und was, glaubst du, könnten wir da finden? Die fette Katze ist doch wieder bei Gundula."

„Ein Skelett. Wer Katzen entführt, klaut auch Knochen."

13

„Ja, Gundula, das machen wir, Ayurveda-Klöppeln ist sicher eine gute Idee, dieser Kurs wird bestimmt ein Erfolg, das glaube ich auch, ja, danke, das besprechen wir gleich." Sibille Rose ging seufzend aus dem kleinen, mit unzähligen Ordnern, Zeitschriften, Akten und anderen Papieren, mit Kisten voller Farben, Pinseln und Tuben gefüllten Raum, dessen Schreibtisch von Notizen, Briefen, einer altertümlichen Tastatur und einem vorsintflutlichen Monitor bedeckt war. In der kleinen Sitzecke mit den Rattanmöbeln warteten bereits die anderen Mitglieder des Vorstandes, vier Frauen und ein Mann. Mit einem

Stapel Papieren auf dem Arm setzte sie sich auf den letzten freien Sessel.

„So, ich gebe diese Mappen einfach mal durch, das sind die Unterlagen des Steuerberaters. Er hat alles berücksichtigt, aber das seht ihr ja."

Wortlos schlugen Petra Gonscheck, Gaby Duhm, Werner Fischer, Anne Males und Gaby Wieczorek die Mappen auf und studierten sie schweigend. Sie hielten die Blicke gesenkt, während sich Sibille Rose aus dem Kühlschrank einen Piccolo holte und ihn sich einschenkte. Sie beobachtete ihre Reaktionen, sie sah Neugier, Unverständnis, Bemühen und vor allem die Suche nach einem kurzen Resümee der Expertise.

„Ich dachte, dieser Drago will die Fabrik nicht mehr abgeben, oder irre ich mich?", gab Petra zu bedenken.

„Irgendwann wird er müssen", lächelte Sylvia kalt, „und dann sind wir zur Stelle, mit einem Plan und einem fertigen Konzept, dann übernehmen wir. Wenn ihr möchtet, kann ich es zusammenfassen." Aufmunterndes Nicken bestätigten sie. Künstlerische Menschen war es normalerweise zuwider, sich mit komplexen Zahlen und Beträgen auseinanderzusetzen, es sei denn, es ging um ihr Honorar.

„Wir schaffen das."

Sibille genoss die vielen ungläubigen Blicke und das staunende Schweigen. „Wir können die Fabrik übernehmen und finanzieren, und das ohne eine Erhöhung des Mitgliederbeitrags." Erleichtertes Lächeln machte sich auf den Gesichtern der anderen Vorstandsmitglieder breit. „Die Finanzierung erfolgt über die Vermietung mehrerer Räume als Ateliers, Kurse, die wir in erhöhter Zahl anbieten müssen, eine Galerie, die wir dort installieren und Ausstellungen, auch für Künstler, die nicht dem Casa angehören. Wir werden der Kunst-Ort, der Veranstaltungsort in der Region, ach was, in Nordrhein-Westfalen werden. Ich will, dass sich die Künstler ..."

„Und Künstlerinnen!", wandte Petra ein.

„... darum reißen, hier ausstellen und vertreten sein zu dürfen." Sylvia war aufgestanden, ihre Stimme schwoll an, sie fuchtelte mit der rechten Hand in der Luft. „Es soll ihnen eine Ehre sein, in der Kunst-Fabrik auszustellen, dort arbeiten dürfen, sie sollen dafür zahlen, sich überbieten, um bei uns zu sein. Wir werden die Nummer Eins, im gesamten Land, wollt ihr das? Kunst und Geld, in unseren Händen, so viel es geht. Wollt ihr die totale Vermarktung?"

„Jaaaaa!", schallte es mit hohen Stimmen durch den Raum.

Sibille genoss triumphierend den Anblick des Vorstandes, der jubelnd und mit in die Luft gestreckten Armen vor ihr tanzte, ihr zujubelte. Sie hatte gewonnen. Die Fabrik gehörte ihr.

„Gundula, kannst du mir helfen?" Winston versuchte, den penetranten Gestank der Räucherstäbchen sowie die fette Constanze, die um seine Beine schnurrte, zu ignorieren.

„Selbstverständlich, Winston," lächelte sie entrückt, „ich freue mich, dass du dich endlich entschieden hast, deinem Bewusstsein zu begegnen, dich zu befreien. Du bist so verkrampft, so gefangen in deiner ungesunden Welt, so weit weg von der Erkenntnis, ja, Winston, ich helfe dir. Möchtest du einen Keks?"

„Nein, danke, Gundula, deine Herbal-Life-Kekse sind mir nicht so gut bekommen", erinnerte er sich an seine Halluzinationen mit bunten Drachen, toten Vampiren, lüsternen Elfen und schwulen Nilpferden. „Du gibst doch einen Kurs in der Kunstfabrik, kannst du mir etwas über den Vorstand erzählen, speziell über Sibille Rose? Was ist sie für ein Mensch?"

„Oh, ein ganz wunderbarer, Winston, ganz wunderbar", flötete sie, während sie ein weiteres Stück Holz mit einer süßlich riechenden Flüssigkeit tränkte. „Sie geht ganz im Casa auf, steckt all' ihre Energie und ihre Kraft in ihr Projekt. Sie bietet auch ungewöhnlichen Ideen Raum, wichtig ist nur, dass sie kreativ sind und Neues aus ihnen entstehen kann, Verbindungen wachsen zwischen den Menschen und ihren Werken, neue Ebenen, Spiritualität deine Hände führt, verstehst du?"

Winston nickte und verstand. Er brauchte noch

viel Zeit, sehr viel Zeit.

Göttlich. Das Bild war einfach göttlich. Mit einem feinen, sehr zufriedenen Lächeln verschränkte Andrea Himmelreich die Arme vor der Brust und sah weiter auf die großformatige Leinwand. Ja, es war ein Meisterwerk, das sie geschaffen hatte. Als nächstes würde sie einen passenden Rahmen suchen und das Bild dann in der nächsten Ausstellung des Künstlerbundes der wartenden Öffentlichkeit präsentieren. Sicher würden die Besucher ihr viele Visitenkarten reichen, um das Bild zu kaufen, und sie würde einen Interessenten auswählen. Jemanden mit Geschmack und viel Geld, denn das würde das Bild auch sein, teuer, sehr teuer. Und diesmal würde ihr niemand das Motiv und ihre Technik stehlen, niemand. Sie sah auf die Uhr, gleich würde dieser Detektiv kommen, der um ein Treffen gebeten hatte. Sie verließ ihr Atelier, verschloss es sorgfältig und ging über den Flur zu ihrem Büro. Kurz blieb sie vor dem großen Kristallspiegel mit dem barocken Rahmen stehen uns sah sich zufrieden an. Ja, trotz ihrer sechzig Jahre sah sie deutlich jünger aus, schlank und sportlich wie immer. Das helle luftige Sommerkleid betonte ihre Figur, ihre grauen, fast weißen Haare fielen ihr leicht auf die Schultern. Zufrieden und mit einem Seufzer ging sie weiter. Was wollte dieser Schnüffler von ihr, hatte im Künstlerbund wieder jemand Farben gestohlen? Es schellte. Sie ging zur Tür und begrüßte ihren Besuch.

„Andrea Himmelreich, guten Tag, Herr ...“

„Werner. Sehr nett, dass Sie Zeit für mich gefunden haben.“

„Bitte, kommen Sie durch in mein Arbeitszimmer. Möchten Sie etwas trinken?“

„Nein, danke, ich habe nur wenige Fragen und möchte Sie nicht über Gebühr aufhalten.“

Zumindest hatte er Manieren und war gut gekleidet, eine Weste zum Sakko trugen heute nicht mehr viele Männer. „Wie kann ich Ihnen helfen, Herr Werner?“ Dabei wies sie mit ausgestreckter Hand auf einen Stuhl, dessen Sitzfläche aus rotem Samt bestand, der sich auch auf den verschnörkelten Armlehnen wiederfand. Der wuchtige Schreibtisch und der dunkle tiefe Teppich passten zu der Einrichtung, die aus dem vergangenen Jahrhundert zu stammen schien. Andrea Himmelreich saß aufrecht hinter dem Schreibtisch, die Unterarme auf die schwarze Schreibtischunterlage gestützt.

Robert Werner beobachtete die Frau einen Moment, ihre fast aristokratische Haltung, die Kühle und demonstrative Distanz ausstrahlte, gemischt mit einem Schuss Herablassung. Die Arroganz der Wohlhabenden, des alten Geldes? „Frau Himmelreich, ich bin hier im Auftrag eines Mandanten, der ungenannt bleiben möchte. Er hat großes Interesse an einer Zusammenarbeit mit dem Künstlerbund, einer Zusammenarbeit, die beide Seiten künstlerisch voranbringen soll und dem

Künstlerbund, ihrem Bund, auch finanziell von großem Vorteil sein würde."

„Wenn dem so sein sollte, wäre der Vorstand der richtige Ansprechpartner für Sie, nicht ich."

Ihre Vorsicht war mit Händen zu greifen. „Das ist zweifelsohne richtig, meinem Mandanten geht es jedoch darum, sich ein Bild zu machen, Stimmungen zu erfahren. Und da Sie, wie ich es im Internet gelesen habe, zu den Gründungsmitgliedern gehören und zudem künstlerisch sehr erfolgreich sind, wollte ich mich als erstes mit ihnen unterhalten." Robert sah, dass seine Schmeichelei nicht ohne Wirkung blieb, der Anflug eines Lächelns zeigte sich in ihrem Mundwinkel. „Wie würden Sie ganz allgemein die Stimmung im Bund beschreiben, das Miteinander der Künstler? Seien Sie sicher, dass ich Sie nicht zitieren werde, es geht, wie gesagt, um ein Stimmungsbild."

„Es ist mir etwas unangenehm, ihre Fragen zu beantworten, wenn ich nicht weiß, wer ihr Auftraggeber ist. Woher kommt ihr Mandant? Und schneiden Sie das Gespräch heimlich mit?"

Mit gespielter Empörung öffnete Robert demonstrativ sein Sakko. „Selbstverständlich nicht. Aber wenn es Ihnen unangenehm ist, können wir das Gespräch abbrechen, mein Mandant beobachtet noch weitere lukrative Projekte. Er hat seinen Sitz in Iserlohn."

„Nein, nein, verstehen Sie mich bitte nicht falsch,

ich gebe Ihnen gern ein Stimmungsbild", lächelte sie, „und Iserlohn ist mir sehr sympathisch, mein ehemaliger Mann stammt aus der Waldstadt."

Na also, dachte er, *die Aussicht auf Kohle zieht doch immer.*

„Der Umgang der Künstler miteinander ist geprägt von Kollegialität und Respekt", begann sie, „wir sind als Kreative natürlich sehr individuell, verfolgen aber ein gemeinsames Ziel, die Sichtbarkeit unserer Werke in der Öffentlichkeit."

„Sorgen finanzielle Aspekte nicht auch für eine Konkurrenz unter den Mitgliedern?", fragte Robert, dem die politischen Sprechblasen dieser Frau schon jetzt auf die Nerven ging.

„Natürlich möchte jeder seine Werke verkaufen", lächelte sie verständnisvoll, „aber das führt nicht dazu, dass wir uns als Konkurrenten sehen oder gar gegeneinander arbeiten, Herr Werner."

„Ich habe von einem anderen Mitglied gehört, dass es durchaus einige, wenn auch wenige Leute gibt, die die Ideen und Arbeitsweisen anderer kopieren. Ich kann mir nicht vorstellen, dass dies ohne Einfluss auf die Stimmung bleibt."

„Nicht einige, Herr Werner, es war nur eine Person, die für Unmut gesorgt hat. Aber dieses Problem existiert nicht mehr, Herr Werner, und ich will zukünftig dafür sorgen, dass solche

Dissonanzen gar nicht mehr entstehen." Mit ruhiger Hand nahm sie einen Schluck Wasser und lächelte ihn wieder an.

„Wie darf ich das verstehen, Frau Himmelreich? Streben Sie den Vorsitz im Künstlerbund an?" Robert war plötzlich sehr neugierig. „Mein Mandant wäre sicher daran interessiert, zukünftig eine erfolgreiche und erfahrene Ansprechpartnerin zu haben."

„Das wäre durchaus produktiv", freute sie sich und lockerte zum ersten Mal ihre Haltung, „ich möchte nach diesem Zwischenfall für ein noch besseres Klima im Bund sorgen, um auch zukünftig ..."

„Mit Zwischenfall meinen Sie die Ermordung von Dorothee Lassnick, die, sagen wir mal, starke Anleihungen an Ihre Arbeiten gemacht hat."

„Wir alle bedauern ihren Tod sehr. Auch wenn sie nicht nur ihrem eigenen Weg gefolgt ist, so hat dieses Geschehen nichts damit zu tun", stellte sie entschieden und mit wieder kerzengeradem Rücken klar, „die Ursachen für diesen Vorfall sind sicher in ihrem privaten Bereich zu suchen. Und das ist Aufgabe der Polizei, Herr Werner, das hat nichts mit einem Stimmungsbild zu tun. Aber ich würde mich freuen, wenn Sie noch mit weiteren Mitgliedern sprechen und sich ein Bild machen würden, dies wird meine Einschätzung sicher bestätigen. Guten Tag."

Das Gespräch war beendet und Robert nicht

unzufrieden.

Nachdem er gegangen war, desinfizierte sie mit einem Spray alles, was dieser Werner angefasst hatte. Sie verachtete Leute, die für Geld anderen hinterherschnüffelten.

14

„Los, die Luft ist rein."

„Lass uns noch warten, er könnte zurückkommen." Nervös zog Winston an seiner Zigarette. Der Imbiss gegenüber hatte schon geschlossen, es war kurz nach elf, eine milde Spätsommernacht. Niemand war auf der Straße, nur selten fuhr ein Auto vorbei. Sie standen neben Winstons Wagen außerhalb des Scheins der Straßenlaterne.

„Winston, es ist spät und ich habe Durst, also los jetzt." Ohne einen weiteren Protest abzuwarten, setzte sich Hannes in Bewegung und drückte vorsichtig das gusseiserne Tor auf, das geräuschlos nachgab.

„Sei vorsichtig, verdammt!"

„Mach dir nicht ins Hemd, du Held. Hast du das Werkzeug dabei?"

Winston hielt einen alten Dietrich hoch. „Ich hoffe, der reicht."

Hannes seufzte. „Dann hoffe ich, dass das Schloss auch vor dem Krieg gebaut wurde. Gib mal her." Damit kniete er sich vor der alten Holztür, die den Zugang zum Haus versperrte. „Warst du schon mal da drin?"

„Nein, ich habe keine Ahnung, was uns dort erwartet."

„Also ziehen wir jetzt die Masken über, falls es überwacht wird, los geht`s." In wenigen Sekunden hatte Hannes das Schloss geknackt.

„Schon gut, einen Ingenieur dabei zu haben", grinste Winston.

„Bei so einem Schloss können sie die Tür gleich offenstehen lassen", kommentierte Hannes und drückte die Tür in gebückter Haltung auf. Es knirschte leise, Dunkelheit und stickige Luft empfingen sie. „Von Sauerstoff scheinen die Heinis nicht viel zu halten."

„Die Fensterläden sind ständig geschlossen, keine Ahnung, was die hier verbergen. Kannst du was erkennen?"

Hannes setzte sich eine Stirnlampe auf und schaltete sie ein. „Scheint niemand hier zu sein, also los. Versuchen wir es mal mit der Tür da hinten, auf der rechten Seite."

Gemeinsam gingen sie vorsichtig durch einen schmucklosen Flur bis zu der Tür. Hannes nahm den Knauf und drückte ihn langsam, als könnte er jemanden durch ein Geräusch wecken, nach unten. Der Raum, der sich vor ihnen auftat, musste sehr groß sein, das Licht der Stirnlampe reichte nicht, ihn zu erleuchten.

„Mach mal Licht, von der Straße wird uns keiner entdecken."

„Wenn du meinst." Hannes kippte den Schalter links neben der Tür und sofort wurde der Raum von einem Dutzend mehrstrahligen Deckenlampen erleuchtet.

„Verdammt, das ist ja ein richtiger Saal!" Hannes blieb stehen und blickte in den Raum. Viele dunkle Holztische bildeten ein langes U, an dessen Ende sich vor einem schweren Samtvorhang ein Altar auf einer Empore erhob.

„Scheiße, wo sind wir denn hier gelandet, an König Arthurs Tafelrunde?" Winston richtete sich auf du zählte die Stühle. „Zweiundsiebzig, so viele, wie es hier angeblich Götter gibt."

„Meinst du, die halten sich selbst für welche?"

„Keine Ahnung, was diese Typen denken, aber beeindruckend ist es schon. Lass uns mal den Altar anschauen."

Bemüht darum, keine Geräusche zu machen, näherten sie sich dem oberen Ende des Saales.

„Schau mal, die haben sogar ein eigenes Wappen."

Winston nickte. „Ja, eine Flamme mit Schwert vor schwarzem Grund, nicht gerade phantasievoll. Aber schau dir mal den Altar an, das ist doch ..."

„... ein Opferblock, heilige Scheiße, was sind das für kranke Geister? Ist das Blut?" Hannes zeigte mit zittriger Hand auf den großen grauen Quader, der in der Mitte eine Mulde bildete.

„Lass uns verschwinden, bevor die uns erwischen und wir auch noch auf dem Block landen, wer weiß, wen die schon alles ..."

„Nein, vorher sehen wir uns noch den nächsten Raum an, mal schauen, was dort auf uns lauert." Entschlossen ging Hannes nach rechts, wo eine weitere Tür auf sie wartete. Gefolgt von Winston trat er ein und machte Licht. In dunklen Regalen sahen sie hölzerne Schreine, etwa dreißig mal fünfzig Zentimeter groß.

„Du wirst es nicht glauben, das sind auch ..."

„... zweiundsiebzig", vollendete Winston den Satz, „und ich muss nicht wissen, was darin ist. Aber ich weiß, was ich da unten sehe." Er zeigte auf den Boden an der Stirnseite des Raumes. Dort standen zwei Näpfe aus Edelstahl und ein kleiner Sack. „Das ist Katzenfutter, und da rechts nebenan ist auch ein Korb mit einer Decke drin. Meinst du, die haben Constanze hier gefangen gehalten?"

Hannes zuckte mit den Schultern. „Wer weiß, was in den Köpfen solcher religiösen Fanatiker vor sich geht. Ich verstehe es nicht, aber ich hatte auch noch nie einen Hang zum Glauben."

„Zum Glauben schon", antwortete Winston leise, „aber nicht zur Kirche. Weißt du, es ist schon etwas Tröstendes im Glauben, man fühlt sich wohl, geborgen, so wie in einer weichen wärmenden Windel ..."

„Bääh, du Ferkel, lass uns jetzt von hier verschwinden. Offensichtlich hatten sie Constanze hier, warum auch immer, sie kann nur verdammt froh sein, dass sie nicht auf dem Opferblock gelandet ist."

„Hast recht, gehen wir", entschied Winston, „das ist mir alles zu schräg hier, wir ..."

In diesem Moment hörten sie den knirschenden Schlüssel in der Haustür.

„Hast du wieder zugesperrt?", flüsterte Winston hektisch.

„Hältst du mich für eine Idioten? Natürlich habe ich das, keiner sollte uns entdecken. Verdammt, wer treibt sich um diese Uhrzeit hier rum?"

„Unser Glaube hat viele Feinde", hörte Winston die leise durchsichtige Stimme von Fjodor Lallensack, „wir müssen auf der Hut sein."

Hannes löschte die Stirnlampe und sie versteckten sich unter einem der Tische. Offensichtlich telefonierte die graue Durchleucht.

„Wir werden unser Ziel erreichen, lieber Dimitrios, dafür kämpfen wir. Ivan wird den Vertrag machen, darauf arbeiten wir hin. Ja, wir starten eine Kampagne, dort, wo sich die Leichtgläubigen treffen, im Internet. Das Kind wird Opfer einer Seuche gewesen sein, wir werden die so präsentieren. Wir mussten das Skelett sicherstellen, um eine Vertuschung durch die Behörden zu verhindern. Zwei unserer Freunde, beide renommierte Wissenschaftler, arbeiten bereits an einer entsprechenden These. Insofern ist die nicht geglückte Entführung nicht weiter schlimm. Ja, mein Freund, wir werden das Zentrum erschaffen und dort unsere Attentäter ausbilden. Die Faust zum Feuer, mein Freund."

Winston und Hannes hörten, wie sich Fjodor Lallensack an einem der Schreine zu schaffen machte, ihn wieder verschloss und das Haus verließ. Die Tür fiel ins Schloss, sie waren wieder allein.

„Attentäter ausbilden? Heilige Scheiße, was haben die vor?"

„Und welche Entführung ist schiefgelaufen?", fragte sich Winston. Er stand auf und nickte nachdenklich. „Vielleicht war nicht die fette Katze Constanze das Ziel, sondern nur ein Mittel, um

Gundula aus dem Haus zu locken und sie dann im Casa zu entführen."

„Aber was wollten diese Typen damit erreichen? Wen wollten die zu was zwingen?"

„Damit können die nur Ivan gemeint haben", knurrte Winston, „ich werde morgen mit ihm sprechen, vielleicht wissen wir dann mehr. Auch wenn mir der Zusammenhang mit ihm und Gundula ein Rätsel ist"

„Und vielleicht solltest du mit diesem Kommissar sprechen, über das fehlende Skelett. Dann kommst du aus der Schusslinie."

„Verdammt, ich werde alt", stöhnte Winston und massierte sich den schmerzenden Rücken, „was planen diese Fanatiker? Und was weiß Ivan?"

„Ich habe Ihnen doch gesagt, sie sollen sich raushalten." Wütend schlug Kommissar Cordes mit der flachen Hand auf seinen Schreibtisch.

„Ich wollte Ihnen nur helfen", empörte sich Winston, „diese Informationen hätten Sie doch sonst gar nicht bekommen."

„Selbstverständlich hätten wir die ermittelt, sie Amateur."

„Aber das hätte noch ziemlich gedauert. Jetzt wissen Sie, welche Ziele diese Personen verfolgen, welche Motive sie haben, die Malerin aus

Gelsenkirchen und die Leiterin des Casa."

„Unsinn, das ist normale Ermittlungsarbeit", grummelte der Beamte, „dazu brauchen wir keine angeblichen Detektive."

„Ich bin kein Amateur, vielleicht etwas anders als Sie und ihr beamteter Apparat." Winston war es plötzlich verdammt leid, mit dem Kommissar zu diskutieren. „Ich werde Sie weiterhin informieren, wenn ich etwas erfahre. Sehen Sie es als kleines Geschenk zu ihrer bevorstehenden Pensionierung, wäre doch schade, mit einem ungeklärten Fall abzutreten." Das verächtliche Schnauben hörte er schon nicht mehr, als er die Tür schloss und das Präsidium verließ.

Fassungslos ließ Marianne Wedler den *Iserlohner Kreisanzeiger* auf den Tisch sinken. Sie nahm einen Schluck Kaffee, der über die Lektüre des Artikels kalt geworden war. Eine Seuche, in Iserlohn? Ein totes Kind, eingemauert in ihrer Fabrik? Das einzige bekannte Opfer? Verdammt, wenn das die Investoren spitzbekamen, war ihr Traum von der interkulturellen Begegnungsstätte für alle Zeiten im Eimer. Sie musste das unbedingt verhindern, Ivan war dazu nicht in der Lage. Sie rief Winston Schmidt an.

„Sie müssen alles über dieses merkwürdige Virus herausfinden, vor allem aber, wie dieses Kind in unsere Fabrik kommt. Woran ist es tatsächlich gestorben und wer hat es eingemauert?"

„Habe ich schon", beruhigte er seine Auftraggeberin, „angeblich sollte sich das Virus über Töne, über die Ohren übertragen. Aber dieses Virus hat nie existiert, es ist eine Erfindung."

Marianne Wedler schwieg einen Moment verdutzt. „Woher wissen Sie das? Sie sind doch kein Virologe."

„Nein, Einbrecher. Passt es, wenn ich jetzt zu Ihnen komme? Ich wollte ohnehin mit Ihnen sprechen." Winston deutete ihr Schweigen als Zustimmung.

„Er hat Sie angezeigt."

Winston hatte den Eindruck, dass dieser Baron heute Morgen nicht allerbester Laune und er der Grund dafür war.

„Wie, angezeigt? Wer denn? Ich verstehe nicht ganz, ich komme gerade erst aus dem Unterricht bei den Fassaden und muss mich erst noch auf ein Verständigungsniveau einlassen, das jenseits von Grunzlauten liegt."

„Die haben sich auch über Sie beschwert, der Unterricht wäre so langweilig. Was machen Sie mit denen den ganzen Tag?"

Das Lauern in der Stimme seines Auftraggebers ließ ihn ahnen, dass sein Engagement in dieser Einrichtung bald beendet sein könnte, sehr bald. Was ihn überhaupt nicht ärgerte.

„Wenn die sagen, es ist langweilig, liegt es wohl daran, dass wir nach drei Tagen immer noch nicht über die Grundrechenarten hinausgekommen sind. Natürlich sind Nächte mit einem Ballerspiel sicher aufregender und ich sehe mich nicht in Konkurrenz mit einer Spielekonsole, aber ..."

„Wie kommt unser Ausbilder Metall dazu, Sie anzuzeigen? Mit wem haben Sie gesprochen?" Genervt nestelte Michael Baron an seiner grauen Krawatte.

„Der hat mich angezeigt? Aber wie ..." *Verdammt, die blonde Sekretärin! Sie hatte ihn in der Kaffeeküche so nett angelächelt und ihm zugeflüstert, sie wüsste doch, warum er tatsächlich beim HDZ war und wie der Stand seiner Ermittlungen war und wie sie Detektive bewunderte und ob er nicht vielleicht mal mit ihr ...* „Ich bringe das in Ordnung, und ich bringe Ihnen ein Ergebnis."

„Das sollten Sie auch", grinste Baron fettig, „sonst gibt es kein Geld."

„Der? Der hat doch früher schon geklaut wie ein Rabe!"

„Du kennst Frank Lütterich? Woher denn, erzähl mal!" Neugierig beugte sich Winston in dem zu weichen Sessel nach vorn.

„Der war mit mir auf der Südschule, damals, in der Parallelklasse. Alles andere als die hellste Kerze auf der Torte", lächelte Hannes.

„Hat er auf der Schule auch schon gestohlen? Hattest du später noch Kontakt mit ihm?"

„Ach, im Grunde genommen war Frank immer ein armer Wicht. Auf andere Kinder neidisch, weil die Eltern kein Geld hatten, und gehänselt wurde er wegen eines Sprachfehles, machte aus einem S immer Zischlaute. Später hat er dann eine Lehre gemacht, wir sind uns ab und zu noch über den Weg gelaufen, wie das so ist. Für ein paar Monate hatte ich ihn in meinem Büro angestellt, als Helfer, er war damals arbeitslos und tat mir leid. Dann kamen die ersten Beschwerden, auf den Baustellen kamen immer mehr Sachen weg, Maschinen und Werkzeuge vor allem."

„Hat er die alle gestohlen?"

Hannes zuckte mit den Schultern. „Offensichtlich, nachdem ich ihn rausgeschmissen hatte, hörte das auf, aber beweisen konnte ich ihm das nie. Aber wenn der jetzt als Ausbilder beim HDZ arbeitet, sollen die mal schön vorsichtig sein."

„Mist, damit fällst du als möglicher Interessent für die Rechner aus, muss ich jemanden anders einspannen."

„Kein Thema, Winston, da frage ich jemanden hier aus der Fabrik. Wir kriegen den Typen, ganz sicher."

„Ivan, der Kommissar hat mich auf dem Kieker, und dabei ist mir gar nicht wohl. Erst die Sache mit diesem eingemauerten Skelett und dann der Überfall auf Gundula." Hatte Ivan nicht gerade für einen Moment die Augen aufgerissen? War da etwas?

„Welche Gundula meinst du denn?"

Da war etwas, mit absoluter Sicherheit. Wenn sein Auftraggeber klar und deutlich sprach, ohne nuscheln und *chr*, dann stand er unter Spannung, das wusste Winston. Er sah ihn eindringlich an, wartete auf eine Reaktion.

„Welche Gundula?"

Angst und Besorgnis schwangen in dieser Frage mit, außerdem hatte der füllige Mann seinen wie immer ganz in schwarz gekleideten Körper gestrafft.

„Ich meine Gundula Gausebrecht, die durchgeknallte Witwe auf ihrer rosa Wolke. Kennst du sie?"

Einen verräterischen Moment lang schwieg Ivan, bevor er zaghaft nickt. „Was für ein Überfall? Geht es ihr gut?"

„Keine Sorge, ein grauhaariger Mann mit einer krummen Nase hat ihr eine Klangschale über den Kopf gezogen, mittlerweile erfreut sie sich wieder an ihren Ohrenkerzen und knabbert fleißig ihre bewusstseinserweiternden Kräuterkekse. Woher kennst du sie?"

„Von damals.", entspannte sich der schwarze Mann und strich sich über die Stirn, auf der Schweißperlen glänzten. „Ich kenne sie seit meiner Jugend, und vor langer Zeit hatten wir mal etwas miteinander", lächelte Ivan versonnen.

„Du und Gundula? Da wird doch der Hund in der Pfanne verrückt!" Grinsend lehnte sich Winston zurück.

„Wieso denn nicht?", empörte sich Ivan. „Ich war ja schließlich auch mal jung und etwas schlanker, mein Freund. Ja, ist schon lange her, und es war eine verdammt schöne Zeit. Aber wer hat sie überfallen und warum?"

Winston nippte an dem teuren Cognac, den Ivan ihm hingestellt hatte und erzählte die Geschichte, die mit der fetten Katze Constanze begann und mit ihrem Einbruch in das Haus der Sekte endete.

„Höchst verdächtig, *chr*." Ivan hatte zur Normalform zurückgefunden. „Scheint so, als würde Fjodor Lallensack mit drinhängen, *chr*. Ich werde ihn besuchen und mit ihm sprechen, *chr*, vielleicht finde ich etwas heraus."

Winston nickte zufrieden, der Abend hatte sich gut entwickelt. Eine neue Spur.

„Wir haben ihn am Haken."

„Wer hat wen wo?", grummelte Winston und fuhr sich mit der Hand durch seine schwarzen Locken. Es war zehn Uhr und er war gerade erst aufgestanden, saß mit weißer Unterhose und Unterhemd auf dem Bett, das Handy in der Hand. Beim Aufstehen hielt er sich den Rücken, stöhnte leise, seine Lendenwirbelsäule machte mal wieder Probleme. „Und wer bist du?" Er ging in die Küche und holte mit der rechten Hand Filter und Kaffee aus dem Küchenschrank, das starke schwarze Gesöff würde ihn wie jeden Morgen aus dem Status eines potenziellen Massenmörders zu einem einigermaßen normalen Menschen machen.

„Na, Hannes, wer denn sonst? Hast du gestern gesoffen?"

Winston erinnerte sich, dass er noch lange mit Ivan gesprochen hatte, sie hatten über alte Zeiten geredet, die Jugend, das Alter, über alles, was vorgefallen war. Und sie tranken diesen verdammt leckeren alten Cognac, schwenkten ihn im Glas, genossen seinen Geruch, den samtenen Geschmack. Der hatte sich über Nacht verwandelt, schmeckte wie eine bittere Medizin über pelzigen Zähnen. „Also, nochmal von vorn, wen hast du?"

„Frank Lütterich, der dich beklaut hat, er war tatsächlich so dämlich und hat mehrere Rechner inseriert, für kleines Geld. Ein Kumpel von mir ist hingefahren und gesagt, dass er mehrere bräuchte, zwanzig könnte er angeblich liefern. Er ist es, eindeutig, was sagst du nun, du Sheriff?"

„Ich sage, dass du mit ihm sprechen solltest." Winstons Verstand kam langsam auf Touren, der erste Schluck Kaffee hatte seine Hirnzellen gekitzelt.

„Verstehe ich nicht, du hast doch jetzt etwas in der Hand gegen ihn, warum soll ich noch mit ihm quatschen?"

„Vielleicht kann er noch ein bisschen mehr erzählen, über die Fabrik, die Leute von damals, so etwas."

„Okay, ich treffe mich mit ihm, bis bald."

Winston entschied sich nach einer ausgiebigen Dusche, Fjodor Lallensack zu beschatten. In einer Bäckerei in der Grüner Mitte versorgte er sich mit belegten Brötchen und einem Schokotaler, bevor er sich neben dem rosa Haus auf die Lauer legte. Die langen Zweige eines großen Busches, der über den breiten Bürgersteig ragte, spendeten ihm nicht nur Schatten, sie boten ihm auch Schutz vor Entdeckung. Winston wartete. Lange Zeit. Und wartete. Mit jeder Stunde wurde ihm klarer, dass er nur einen halben Liter Mineralwasser mitgenommen hatte, ein Fehler. Der Durst quälte ihn. Andererseits konnte er so nicht in die Verlegenheit kommen, pinkeln zu müssen.

Es war schon später Nachmittag, als ein alter roter Opel Corsa vor der Villa hielt. Ein für dieses kleine Auto viel zu großer Mann stieg aus und schaute sich skeptisch um, Fjodor. Er öffnete das Tor, ging den Weg zur Eingangstür, öffnete auch sie und verschwand in dem Gebäude. Winston beobachtete jede Bewegung und er brauchte nicht lange warten, bis Fjodor Lallensack die Villa wieder verließ, mit einem blauen Müllsack in der linken Hand. Er sah sich so misstrauisch und ängstlich um, als würde er die britischen Kronjuwelen zu seinem Auto bringen. Winston startete den Motor seines Skoda und folgte dem Corsa in einigem Abstand. Der fuhr geradeaus, am Grüner Zentrum vorbei Richtung Talstraße. Kurz zuvor bog er links ab, in eine Straße, die bergauf durch den Wald führte. Winston fluchte, die Straße war so abgelegen, da konnte er sich nicht verstecken. Ihm blieb nur, den Abstand deutlich zu vergrößern und den Corsa trotzdem im Blick zu behalten. Fjodor Lallensack gab seinem Wagen die Sporen und bretterte flott den Berg hinauf, während Winston Pech hatte, weil ihm an einer besonders schmalen Stelle der Straße ein mächtiger Holztransporter entgegenkam. Er fuhr so weit wie möglich an den rechten Straßenrand, bemüht, mutig zu sein, aber doch voller Angst, er könnte mit seinem Wagen den Abhang runterpurzeln, sich überschlagen und im dichten Buschwerk landen, sich nicht befreien können, kopfüber eingezwängt in seinem Sicherheitsgurt eines elenden Todes voller Einsamkeit, Verzweiflung und Kälte sterben und erst nach vielen Jahrzehnten zufällig bei Waldarbeiten wieder gefunden zu werden. Das nächste Skelett.

Winston schaffte es, mit seinen Skoda unbeschadet an dem holländischen Lkw, dessen Fahrer mit der rechten Hand merkwürdige wischerartige Bewegungen vor seinem Gesicht machte, vorbeizukommen und den Corsa einzuholen. Als er ihn sah, war es bereits zu spät. Fjodor Lallensack hatte gehalten, an einer kleinen Parkbucht vor einer Schranke, die den Waldweg vor Idioten abschirmte, die meinten, mit dem Auto den Spaziergang ersetzen zu können. Unmöglich, zu halten. Winston musste weiterfahren, bis zu einer Stelle vor einer weiteren Schranke. Dort konnte Fjodor ihn nicht sehen, Winston ihn aber auch nicht. Er fluchte, weil er keine Wahl hatte, stieg aus und ging die wenigen Meter vorsichtig zum Straßenrand. Er spähte um die Ecke, konnte das Auto lediglich erahnen und Fjodor nur als Schatten sehen. Aber dieser Schatten hatte einen blauen Müllsack in der Hand. Und er ging mit ihm ins Unterholz, zu den Büschen und Sträuchern, die an dieser Stelle sehr selten Licht bekamen. Winston konnte nur warten. Warten, bis Fjodor Lallensack den Motor seines Autos startete, auf umständliche Art und mit viel zu hohen Drehzahlen auf der kleinen Parkfläche und der Waldstraße wendete und wieder hinunter ins Tal fuhr. Winstons Stunde war gekommen. Er setzte sich ins Auto, fuhr auf die Straße und ließ den Wagen rückwärts rollen, die Straßenränder in den Außenspiegeln angstvoll im Blick. Unten angekommen, fuhr er einige Meter vor und nahm den Platz vor der Schranke ein, auf dem vor Kurzem noch der Corsa stand. Winston stieg aus und zündete sich als erstes nervös eine Zigarette an. Er wusste, dass das Rauchen im Wald verboten war, vor allem bei der schon seit längerer Zeit anhaltenden Trockenheit. Er nahm einige Züge, ging unruhig auf und ab, während er gleichzeitig versuchte, seine Nerven zu beruhigen. Was wollte der Sektenchef verschwinden lassen? Winston nahm einen letzten Zug, trat die Kippe auf dem Boden aus und ging zu der Stelle, an der er Fjodor Lallensack zuletzt gesehen hatte. Sie lag einige Meter abseits des Parkplatzes und führte ins grüne Nichts. Der Waldboden war aufgewühlt, die Pflanzen nur lose wieder draufgelegt. Der Sektenchef hatte schlampig gearbeitet, ein Teil des blauen Müllbeutels lugte noch aus dem Boden hervor. Winston zog daran, erst vorsichtig, dann kräftiger, das Plastik schien zu halten. Er keuchte kurz und verfluchte seinen Zigarettenkonsum, dann nahm er seine zweite Hand zur Hilfe, stemmte die Absätze seiner ehemals sauberen schwarzen Schuhe in den Waldboden und zog mit aller Kraft an dem großen Müllbeutel. Er stolperte zurück und fiel stöhnend in den Dreck, als der Sack überraschend schnell seinen Widerstand aufgab und ans Tageslicht kam. Winston fluchte, stützte sich auf, wischte sich die dreckigen Hände an der dreckigen Hose ab und ging zwei Schritte vor. Der blaue Müllsack war oben verknotet, Winston öffnete ihn. Er holte noch einmal tief Luft, bevor er die Öffnung weiter auseinanderzog, voller Angst, dass ihm ein ekelhafter Anblick zusammen mit einem fürchterlichen Gestank entgegenschlug. Blinzelnd warf er einen vorsichtigen Blick hinein. Weiß. Es war weiß, lang, rund, gewölbt, was er sah. Knochen. Und einen Schädel. Fjodor Lallensack hatte hier das Skelett vergraben, das sie gesucht hatten. Winston kniete sich auf den feuchten Waldboden und nahm vorsichtig mit der rechten Hand einen Oberschenkelknochen heraus. Er hielt ihn ans Licht, er sah aus wie Elfenbein, perfekt. Perfekt und seltsam, er fühlte sich merkwürdig an. Anders als die Hühner- und Kotelettknochen, die Winston kannte. Seine Kenntnisse bei menschlichen Knochen waren auf die unsichtbaren reduziert, die ihm jeden Morgen weh taten. Fasziniert hielt er den Knochen in die Höhe und betrachtete ihn sorgfältig, er war irgendwie anders.

„Was machen Sie da, nehmen Sie die Hände hoch!"

Winston fuhr herum, er hatte den Mann nicht bemerkt, der sich ihm genähert hatte. Der Förster. Ganz in Grün gekleidet, die doppelläufige Flinte im Anschlag. Und die Unsicherheit in den Augen. Er wusste sicher nichts anzufangen mit einem Mann, der auf dem Waldboden kniete und einen Oberschenkelknochen wie eine Monstranz in die Höhe hielt.

Vorsichtig erhob sich Winston. „Es ist nicht das, wonach es aussieht."

„Den Satz habe ich schon öfter gehört", knurrte der Weißhaarige mit dem dicken Bauch, „bleiben Sie da stehen, ich rufe jetzt die Polizei." Er ging zwei, drei Schritte zurück, klemmte sich die Flinte unter den Oberarm und zog mit der linken Hand ein Handy aus der Brusttasche seiner Jacke. „Verdammt, wieder kein Netz", fluchte er. „Los, gehen Sie den Weg da hoch, ich bleibe hinter Ihnen, und den Sack lassen Sie dort liegen. Nein, nicht den Knochen mitnehmen, Sie Idiot!"

Winston stiefelte den Weg hinauf und überlegte, wie er dem Mann und der Polizei die Situation erklären sollte. Einfach die Wahrheit sagen? Konnte er sich dadurch vielleicht noch weiter reinreißen? Dann sprach der Förster in sein Telefon, nannte seinen Namen, den Winston nicht verstand, weil er außer Atem war und schnaufte, während der deutliche ältere Mann mit der Waffe ganz ruhig sprach.

„Los, zurück", befahl er und winkte mit der Doppelläufigen den Weg hinunter, „Sie werden gleich abgeholt."

Ergeben ging Winston den feuchten Waldweg wieder hinunter. Er hatte einen Plan.

15

„Winston Schmidt, Sie sind eine einzige Enttäuschung."

Winston fuhr in seinem Besucherstuhl zusammen. Wie kam der Kommissar darauf, hatte er mit seiner Ex-Frau gesprochen?

Müde sah ihn der Beamte an. „Ich werde in wenigen Wochen pensioniert, wie Sie wissen, und hatte gehofft, ich könnte mit der Klärung eines spektakulären Falls in den Ruhestand gehen. Vielleicht sogar mit der Aufdeckung eines historischen Verbrechens, verstehen Sie? Ich hatte mich gefreut, als das Kinder-Skelett entdeckt wurde, das allein war schon ein Knüller. Als es dann gestohlen wurde, wurde es wirklich interessant. Ich fragte mich, ob die Täter von damals noch lebten, ob sie Freunde, Verwandte hatten, die von dem Verbrechen wussten und es verdecken wollten, ich sah mich schon auf den Titelseiten der großen Zeitungen."

Winston verstand nicht. Was wollte der dicke Mann mit den wenigen Haaren von ihm? „Aber Sie haben doch jetzt das Skelett und den möglichen Dieb dazu. Vielleicht packt der aus und Sie erfahren, wer das Kind umgebracht und es eingemauert hat, das ist doch *die* Story schlechthin."

Mitleidig und aus müden Augen sah ihn der Kommissar an, beugte sich vor, lehnte die Unterarme auf die Schreibtischplatte und holte tief Luft, so gelangweilt und erschöpft, als müsste er einem Demenzkranken Mathematik beibringen.

„Herr Schmidt, Sie hatten die Knochen doch in der Hand, oder? Ist Ihnen da nichts aufgefallen?"

Winston verstand überhaupt nichts mehr. Ja, sie hatten sich merkwürdig angefühlt, aber er hatte selten einen menschlichen Oberschenkelknochen in der Hand. Sehr selten. Eher gar nicht.

„Herr Schmidt, diese Knochen sind keine. Sie sind aus Plastik. Also kein historischer Mord, verstehen Sie? Höchstens ein Fall für das Umweltdezernat, aber die werden über diesen Käse herzlich lachen, und ich will nicht lächerlich sein, wenn ich in Pension gehe, ist das klar? Also ist die Sache erledigt, hauen Sie ab."

Winston stand auf und ging, wie eine gelenkte Marionette. Was war hier los? Knochen? Plastik? Welcher Idiot mauert denn ein Plastikskelett ein?

Vor dem Präsidium steckte er sich eine Zigarette an und überlegte nach dem ersten Zug, was er jetzt machen sollte, als sein Handy schellte, Hannes.

„Du glaubst gar nicht, was für tolle Neuigkeiten ich habe", lachte der.

„Hast du im Lotto gewonnen?", fragte Winston lustlos.

„Oh, mit dem falschen Bein aufgestanden, der Herr? Dann habe ich etwas, dass dich aufheitern wird, es geht um das Skelett."

„Das aus Plastik ist", seufzte Winston.

Jetzt war es Hannes, der sich wunderte. „Wie hast du das rausgefunden? Ja, es ist aus Plastik. Aber weißt du auch, wer es eingemauert hat?"

Eben noch mürrisch, schnippte Winston die Kippe weg und straffte sich. „Erzähl."

„Dein lieber Freund Frank Lütterich, weil er Angst hatte."

„Wie, Angst, so langsam verstehe ich gar nichts mehr. Wie kommt der denn an das Skelett?"

„Na, so, wie er immer an seine Sachen kommt, er hat es geklaut, bei *Karstadt*, zur Karnevalszeit vor über zwanzig Jahren. Der Ladendetektiv hat ihn noch verfolgt, aber Frank war schneller, es war wohl eine Mutprobe. Und dann hat er Angst bekommen, dass er wegen diesem Mist geschnappt würde und er deshalb seine Lehrstelle als Metallbauer verliert. Er hat damals in der alten Fabrik gearbeitet und die Gelegenheit genutzt. Die Mauer sollte ohnehin gebaut werden, also hat er das Plastikskelett dahinter verschwinden lassen."

„Ich glaube es ja nicht", grinste Winston, „damit haben wir den Kerl gleich zweimal am Haken. Und das hat er dir so einfach erzählt?"

„So einfach nicht, ich habe ihn gefragt, was er mir anbieten kann, wenn ich die geklauten Rechner vergesse. Und da die Sache mit dem Skelett lang und breit in der Zeitung stand, hat er mir einen Deal angeboten. Er bringt die Computer zurück, wenn du ihn nicht anzeigst, dafür hat er mir alles über das eingemauerte Plastikskelett erzählt, der hat nämlich mächtig Angst um seinen Job."

„Bis zum nächsten Diebstahl", murmelte Winston, verabredete sich mit Hannes und legte auf. Jetzt war Fjodor Lallensack an der Reihe.

„Wer kennt sich im Casa mit Pflanzen und Giften aus? Fällt dir jemand ein?" Beiläufig stellte Winston seine Fragen, während er Julias Finger streichelte und zu dem Kellner blickte, der mit einem Tablett und zwei Gläsern Rotwein auf sie zusteuerte.

Julia richtete sich auf und zog ihre Hand zurück. „Du meinst ... glaubst du ernsthaft, jemand aus dem Casa hätte etwas mit dem Mord an Dorothee Lassnick zu tun? Sie vielleicht umgebracht? Nein, Winston, das kann ich mir nicht vorstellen, wirklich nicht. Und warum? Wer sollte denn ein Motiv haben, so etwas zu tun?"

„Das weiß ich noch nicht, ich suche nach einem Zusammenhang zwischen dem Casa und einigen Leuten im Gelsenkirchener Künstlerbund. Vielleicht gibt es gemeinsame Interessen oder zumindest einen Grund, warum jemand die

Lassnick aus dem Weg räumen wollte."

„Das glaube ich nicht." Julia schüttelte den Kopf und nahm einen Schluck von dem Wein. Winston betrachtete liebevoll ihren Mund, ihre sinnlichen Lippen und die Grübchen in ihren Mundwinkeln, nachdem sie das Glas abgesetzt hatte und ihn anlächelte.

„Du bist also auf der Suche nach einer Kräuterhexe, die diesen Sud angerührt und in den Wein geschüttet hat. Warte mal, welche von unseren Frauen hat denn einen Buckel und eine krumme warzige Nase?" Sie zog die Augenbrauen zusammen, starrte in die Ferne und tat, als würde sie angestrengt überlegen.

„Komm schon, du weißt, was ich meine", lächelte Winston, während er wieder ihre Hand in seine nahm und sanft ihre Finger streichelte. „Wer kennt denn mehr als nur ein paar Teesorten?"

„So genau kenne ich die Mitglieder natürlich nicht, spontan fällt mir Frau Dr. Marianne Häberling ein, eine Apothekerin. Sie ist schon lange im Casa und sehr beliebt. Das Fachwissen hätte sie natürlich, aber nicht den geringsten Grund, so etwas zu tun. Künstlerisch verfolgt sie in ihren Skulpturen und Bildern ihren eigenen Stil, und der hat nichts mit dem von Dorothee Lassnick oder einer anderen aus dem Casa zu tun. Außerdem ist sie wohlhabend, Geld und Neid scheiden als Motiv aus. Nein, sie ist es auf keinen Fall. Aber ich wüsste eine andere, die sich scheinbar mit Kräutern und

Pflanzen sehr gut auskennt."

„Mach es nicht so spannend, wen meinst du?"

„Na, deine Gundula, die alte esoterische Kräuterhexe, die erzählt doch andauernd, welche Tees gegen welche Wehwehchen nutzen, was man mit Klangschalen und Aromatherapien bewirken kann. Welche heilende Wirkung hat sie denn dem *Talisker* zugesprochen, mein Freund?"

Als Winston sah, wie Julia ihren Kopf in ihre linke Hand stützte und ihn spöttisch lächelnd ansah, wusste er, dass er sie liebte. „Sie ist nicht *meine* Gundula, liebste Julia. Und ja, sie ist etwas speziell, wir kennen uns schon lange. Ich habe damals in einem Fall für ihren verstorbenen Mann ermittelt. Aber sie und ein Mord? Niemals, auch wenn sie noch so versponnen ist."

„Sie muss es ja nicht selbst gemacht haben, vielleicht hat jemand sie einfach um einen Rat, ein Rezept gebeten."

Winston lehnte sich zurück und atmete tief ein. Was wusste er tatsächlich über Gundula? Sie war eine verschrobene, der Welt entrückte Frau, die an allen möglichen Mist glaubte. Leichtgläubig war sie, das stand fest. Und wenn jemand sie unter einem Vorwand nach einem möglichen Gift gefragt hätte ... Ausschließen konnte er es nicht.

„Du bist plötzlich so nachdenklich. Was willst du jetzt machen?"

„Mit dir gemeinsam verschwinden, das ist es,

181

was ich will. Lass uns gehen."

„Der Tod ist ein Sozialist, kein Demokrat."

„Ich glaube, ich bin etwas zu betrunken, um den Unterschied zu verstehen. Was meinst du damit?" Winston nahm noch zwei Flaschen Bier aus dem Kasten, den er mitgebracht hatte und gab eine davon Hannes. „Hat der Tod in der DDR gewohnt und von da aus die Sense geschwungen?"

„Ich meine damit, dass der Tod alle gleich behandelt, Dumme und Genies, Reiche und Arme, er macht keinen Unterschied. Prost!"

„Glaubst du das ernsthaft? Der Tod behandelt nicht alle gleich, Reiche leben länger, das ist erwiesen. Weil sie zufriedener sind, weniger Sorgen haben und sich eine bessere medizinische Versorgung leisten können."

„Und nicht so viel saufen wie du", grinste Hannes und nahm einen Schluck aus der Flasche.

„Die schlucken genau so viel wie wir, nur mit mehr Stil. Wenn der Tod ein Sozialist wäre, dann würde er alle gleich behandeln, dann würden Geld und Glauben keine Rolle spielen. Also ist der Tod ein Demokrat. Vielleicht der beste und ehrlichste Demokrat, den es gibt, aber eben ein Demokrat."

„Nein", schüttelte Hannes energisch den Kopf, „auch wenn manche länger leben und andere schon sehr früh das Zeitliche segnen, sterben müssen wir alle. Und das zeichnet ihn als Sozialisten aus."

Winston versuchte sich zu erinnern, wie diese Diskussion begonnen hatte. Es hang wohl damit zusammen, dass Hannes von einer Ästhetik des Sterbens schwadroniert hatte.

„Wie kamst du eigentlich auf diese angebliche Ästhetik des Sterbens?"

Hannes lachte. „Schon vergessen? Es ging um die tote Künstlerin im Casa, eigentlich eine schöne Leiche, wie sie da lag, in ihrem Kleid, ausgebreitet auf der Bühne. Und nach dem Genuss von zwei Flaschen Wein abzutreten hat doch auch was, macht die Sache doch irgendwie leichter und schöner, meinst du nicht? Was glaubst du, was kommt nach dem Tod? Himmel und Hölle, das Paradies, ewiges Leben ohne Sorgen und Schmerzen? Oder zweiundsiebzig Jungfrauen, wie manche Muslime glauben?"

„Da kommt nichts, gar nichts. Davor haben alle Angst. Und wenn ich mit zweiundsiebzig Jungfrauen zusammen sein will, schreibe ich mich für Informatik ein. Keine Ahnung, welche Krämpfe dieses Gift ausgelöst hat, aber ästhetisch waren die mit Sicherheit nicht. So, und jetzt muss ich langsam gehen."

„Wie sieht es denn in deinem Fall aus? Gibt es da was Neues? Wir sehen uns in letzter Zeit so selten."

Winston kippte sein schlechtes Gewissen mit

einem letzten Schluck Bier hinunter. „Ich hab' in letzter Zeit viel zu tun, die Fabrik, das Casa ..."

„Und Julia, ich weiß, Kollege, hast du mir schon erzählt. Wissen die im Casa denn mittlerweile, was sie wollen?"

„Tja, schwere Frage", seufzte Winston, „die meisten sind schwer begeistert und wollen die Fabrik übernehmen und zu einem Kunst-Zentrum ausbauen. Einige wenige, zu denen Julia gehört, wollen, dass sie am alten Standort bleiben, klein und überschaubar. Sie haben Angst, dass sich der Verein finanziell übernimmt und am Ende den Bach runtergeht."

„Und jetzt gibt es im Casa einen prima Machtkampf, der quer durch die Familie geht. Und du mittendrin."

Winston nickte. „Sieht so aus als hätte ich es mir zwischen den Stühlen bequem gemacht, der Kommissar hängt mir auch noch im Nacken. Ich habe ihm versprochen, meine Infos an ihn weiterzuleiten, deshalb schreibe ich ihm gleich noch eine Mail über die Apothekerin Dr. Marianne Häberling. Keine Ahnung, ob die Kripo die schon überprüft hat."

„Und deine esoterische Bekannte?"

„Die lass ich erst einmal außen vor, die ist zwar verstrahlt, aber weder blöd noch bösartig." Das ungläubige Kopfschütteln von Hannes bemerkte Winston, als er die Wohnung verließ.

„Gundula, kanntest du eigentlich Dorothee Lassnick?" Winston gab sich Mühe, seine Frage so beiläufig wie möglich klingen zu lassen, während er sich mit einer Zeitschrift frische Luft zufächelte. Gundulas Räucherstäbchen schienen dem Mindesthaltbarkeitsdatum nahe zu sein, weshalb sie einen großen Teil davon heute verfeuerte. Oder schwangen noch andere Substanzen durch den restlichen Sauerstoff? Seine Vermutung schien Constanze, die fette Katze, zu bestätigen. Winston meinte, bei ihr einen glasigen Blick und einen etwas unsicheren Gang zu erkennen, was auf vier Pfoten nicht ganz leicht war. Außerdem war sie merkwürdig anhänglich und schnurrte um seine Beine. Meistens sah sie ihn an, als wäre er der böse Köter vom Nachbarn.

„Die arme tote Künstlerin aus Gelsenkirchen? Nein, Winston", lächelte sie entrückt, während sie im Schneidersitz auf einem roten Kissen saß, die Augen schloss und mit ihren Fingern irgendwelche Punkte an ihrem üppigen Körper suchte und massierte. „Ich habe sie nur einmal erlebt, und es war nicht schön, mein Gott, die arme Frau."

„Wieso die arme Frau, und was war nicht schön?", fragte Winston erstaunt, der sich keinen Reim auf Gundulas Bemerkung machen konnte.

„Ihre Aura, Winston, ihre Aura und ihre Schwingungen", lächelte Gundula, als hätte sie einen besonders befriedigenden Punkt unterhalb ihres Busens gefunden. „So voller Spannungen und Angst, es ließ mich frösteln, ich weiß es noch."

Winston nahm vorsichtig, sehr vorsichtig noch einen Schluck von dem grünen Tee, den sie ihm serviert hatte. Erstens war er heiß, zweitens wusste er nicht, was in dem Gebräu alles drin war und es in ihm auslösen konnte. „Sibille und die Frauen vom Vorstand hatten einen ganz anderen Eindruck von ihr, selbstbewusst, zielstrebig, ja, und auch ein wenig dominant. Gundula, was weißt du über giftige Pflanzen, hast du dich schon mal damit beschäftigt? Du weißt, dass die Frau durch ein Gebräu getötet wurde, das in ihren Wein gekippt wurde." Er hoffte, sie würde antworten, bevor sie endgültig in einer anderen Sphäre landete.

„Fassade, Winston, Fassade und Unsicherheit. Mein Gott, ich habe es gespürt, die arme Frau, ich hätte sie so gerne befreit."

Winston verspürte ebenfalls den dringenden Wunsch nach Befreiung, verabschiedete sich von einer nicht mehr geistig anwesenden Gundula und atmete tief ein, als er vor der Haustür stand. Konnte Gundulas Wunsch nach Befreiung dieser armen Seele so weit gehen, dass sie sie deshalb meuchelte? Nein, das schloss er aus, fühlte seinen Puls und beschloss, dass er fahrtüchtig sei.

„Feigling", grinste Robert Werner.

„Nix Feigling, nur vernünftig", entschied Winston, der ihm in seinem Büro an der Bergmannstraße gegenübersaß. „Wenn ich die Lebersauce tatsächlich genommen hätte, bräuchte ich garantiert jetzt einen Schnaps. Und den kann ich nicht trinken, weil ich gleich nach Iserlohn zurückfahre, ist doch logisch, oder?"

„Trotzdem Feigling", grinste der Detektiv weiter und goss sich einen *Single Malt* ein. „Aber nach der verpatzten Mutprobe im *Scharfen Eck* habe ich noch einige Neuigkeiten für dich."

„Da bin ich aber gespannt", lehnte sich Winston zurück und nippte an seinem Mineralwasser.

„Ich habe im Kunstverein recherchiert, unsere liebe Andrea Himmelreich hat dort nicht nur Freunde. Und von denen waren manche redselig."

„Nun mach es nicht so spannend, was gibt es?"

„Manche haben sie als despotisch und arrogant beschrieben, angeblich wollte sie den Verein übernehmen und ihn nach ihren Vorstellungen umbauen."

„Erinnert mich ans Casa. Und was hat das mit dem Mord in Iserlohn zu tun?"

„Nichts, sagt aber etwas über ihren Charakter aus. Die Dame ist nicht ganz so brav und bürgerlich, wie sie sich gibt", ließ er Winston zappeln.

„Na sag schon, was hat sie ausgefressen? Farben geklaut, Steuerschulden oder was?"

„Geklaut haben soll sie auch, und zwar Ideen, sagen ein paar Leute des Kunstvereins. Aber die gute Frau hatte bis vor einem Jahr einen Liebhaber, etwa zwanzig Jahre jünger als sie."

„Ich verstehe immer noch nicht, was das mit dem Mord zu tun haben soll", antwortete Winston leicht gereizt.

„Der Mann heißt Kevin Wielert und wohnt in Iserlohn. Kennengelernt haben sie sich auf einer Ausstellungseröffnung, der Mann ist ebenfalls künstlerisch unterwegs. Hält sich wohl für ein verkanntes Genie, zeichnet sich aber durch chronische Erfolglosigkeit und permanenten Geldmangel aus."

Nachdenklich lehnte sich Winston vor und stützte die Ellenbogen auf den Knien ab. „Könnte natürlich Zufall sein", murmelte er, „aber die Verbindung nach Iserlohn ist schon interessant."

„Nicht nur nach Iserlohn, lieber Kollege. Er hat auch eine Zeitlang als Dozent im Casa b gearbeitet."

„Ist ja noch interessanter, wird Zeit, dem Kerl auf den Zahn zu fühlen."

„Wirst du dem Kommissar diese Information weitergeben?"

„Wenn er mich nett darum bittet", grinste Winston noch breiter.

16

Er betrachtete den Kerl möglichst unauffällig. Ein Frauentyp, musste er zugeben, etwa eins achtzig groß, lange, gewellte dunkle Haare, ein weiches und doch konturiertes Gesicht, braune wache Augen, schlank und gut gekleidet, mit einem Sakko, einem Flanellhemd und einer löchrigen Jeans, die sicher nicht billig gewesen war und aussah, als ob sie gleich auseinanderfiel. Mit dem Sektglas in der Hand und seiner spöttischen Attitüde verbreitete er den Eindruck, dass diese Ausstellung der Mitglieder des Casa seiner nicht würdig sei. Ein Arschloch. Ein äußerst selbstbewusstes Arschloch. Winston ertappte sich dabei, dass er ihn leicht beneidete.

„Kennst du ihn?"

Julia nickte und sah zu Kevin Wielert. „Wirkt sehr charmant und weltgewandt, ist aber ein Känguru."

„Ein Känguru?"

„Große Sprünge, aber nichts im Beutel. Hält sich für einen der größten Künstler im ganzen Land, natürlich von allen verkannt, da chronisch erfolglos. Hat im Casa mal als Dozent gearbeitet, aber nur kurze Zeit."

„Was ist passiert?", wollte Winston wissen und nippte an seinem Sekt.

„Sibille hat ihn rausgeschmissen, womit alle einverstanden waren. Gut verkaufen konnte er sich, aber es war nichts dahinter. Seine Bilder hätte genauso gut ein demenzkranker Greis malen können, dazu kam noch sein arrogantes und schroffes Verhalten den Kursteilnehmern gegenüber."

„Und warum ist er heute hier, wenn ihr ihn rausgeschmissen habt?"

„Er hat ja kein Hausverbot, ab und zu kommt er noch vorbei, vor allem, wenn es was umsonst gibt, Sekt und Häppchen. Ein Schnorrer."

Winston sah, dass zwei Besucherinnen an den Lippen des charmanten Blenders hangen. „Hört sich nicht so an, als könnte er von seiner Kunst leben. Weißt du, was er beruflich macht?"

„Vor einigen Jahren hat er bei *B&U* im Verkauf gearbeitet, Herrenbekleidung. Aber auch da wurde er entlassen. Seitdem weiß ich nicht, was er macht, viel kann es aber nicht sein, da er tagsüber oft in der Stadt gesehen wird. Geht gern in Cafés und spielt den großen Mann, keine Ahnung, wie er das finanziert."

„Vielleicht eine großzügige Freundin?"

Energisch schüttelte Julia den Kopf. „Frauen merken schnell, ob sich einer bloß aufplustert, und bei dem besonders schnell. Nein, tut mir leid, ich weiß nicht, wovon er lebt."

„Na ja, bei älteren Damen scheint er gut

anzukommen." Winston erzählte Julia von seinem Gespräch mit Robert Werner.

„Dieser Lackaffe war tatsächlich der Liebhaber von der Himmelreich? Der größten Feindin unseres Mordopfers? Na, wenn das nicht interessant ist", schloss Julia und nickte beiläufig Sibille zu, „da besteht doch garantiert ein Zusammenhang."

„Du hast gesagt, der kommt ab und zu noch vorbei. Kannst du feststellen, ob der auch an dem Abend anwesend war, als Dorothee Lassnick umgebracht wurde?"

„Ich bin gleich wieder da."

Winston sah, wie sich Julia mit mehreren Frauen unterhielt, auch mit ihrer Mutter. Alle gehörten sie dem Casa an, die Gespräche waren kurz. Überlegen lächelnd kam Julia wieder auf ihn zu.

„Meine Mutter und zwei andere sind sich sicher, ihn an dem Abend gesehen zu haben. Das haben sie auch dem Kommissar gesagt, auch wenn der Kerl sich im Hintergrund aufhielt, was so gar nicht zu ihm passt. Was sagst du jetzt, mein Schatz?"

„Ich sage, dass nicht nur die letzte Nacht einfach toll war, du bist einfach spitze", flüsterte er ihr ins Ohr und küsste sie.

„Warum haben Sie Gundula Gausebrecht niedergeschlagen?"

Sein durchscheinendes Gegenüber schien von der Frage nicht überrascht.

„Ich wollte Sie nicht verletzen", flüsterte es, „Gewalt ist gegen unseren Glauben. Ich hatte gehofft, dass es reicht, wenn wir uns ein paar Tage um ihre Katze kümmern."

„Kümmern ist gut, Sie haben sie entführt", schnaubte Winston.

„Es war eine Weisung meines Gottes", flüsterte das graue Schemenwesen und verbeugte sich leicht.

„Ach ja, stimmt, bei euch hat jeder seinen eigenen Gott. Welcher ist es denn bei Ihnen?"

„Es ist Gott Nummer zweiundvierzig."

„Wieso ausgerechnet zweiundvierzig?", fragte Winston ohne echtes Interesse.

„Weil zweiundvierzig die Antwort auf alle Fragen ist", dienerte der graue Mann und breitete priesterlich die Arme aus.

„Also, wozu das ganze Theater? Wollten Sie Ivan Drago unter Druck setzen?"

„Es war uns wichtig, seine Entscheidung zu beschleunigen."

Mittlerweile sprach die graue Erscheinung so leise, das Winston sie kaum noch verstand. „Er hatte sich noch nicht entschlossen, die alte Fabrik zu einem Zentrum des Friedens zu machen."

„Zentrum des Friedens?", empörte sich Winston. „Sie wollen dort Attentäter ausbilden, das ist ihr Ziel."

„Attentäter des Friedens, guter Mann, junge Männer und Frauen, die in die Welt hinausgehen und den Glauben des Flammenden Bilalhali verbreiten, auf Plätzen und Orten, in Städten und Dörfern."

„Mit Bomben und Gewehren, wie die anderen religiösen Spinner."

„Mit Liebe, warmen Worten, mit einer Pyrotechnik aus Poesie, mit Blumenbomben und dem Glauben", senkte der Hagere den Kopf und schloss langsam die Augen.

Winston hatte genug. Noch ein paar Minuten mit diesem Kerl und seine Abneigung gegen Gewalt geriet ins Wanken. Winston stieg in seinen Wagen, gab Gas und fuhr direkt zur alten Fabrik zwischen der Bauernkirche und dem Wald. Er ging die Treppen hoch zu Hannes' Wohnung, klopfte und trat nach dessen „Ist offen" ein.

„Dieser Fjodor Lallensack hat noch einen viel größeren Sprung in der Schüssel als ich dachte", machte er seiner Fassungslosigkeit Luft. „Ein Zentrum für Attentäter des Friedens, mit

Blumenbomben und so einem Zeug, der gehört doch in eine Anstalt!"

„Oder in eine Fabrik", grinste Hannes, „vielleicht hat er ihn überredet, ich habe gerade Ivan Drago gesehen. Los, lass uns erst mal ein Bier trinken, Kollege." Sie stießen an und nahmen einen guten Schluck aus ihren Flaschen.

„Ivan ist hier? Das trifft sich, ich muss ihn ohnehin noch sprechen, wo war er denn?"

„Er stand vor der eingerissenen Mauer, hinter der das Skelett lag und schaute einfach darauf. Er wirkte verdammt nachdenklich und ich glaube, dass er bald eine Entscheidung treffen wird, was zukünftig aus diesem riesigen Kasten wird."

„Wird auch Zeit, ich will meinen Posten als Sozialbetreuer endlich antreten und meine Ruhe haben", grummelte Winston.

„Du? Sozialbetreuer?"

„Hat mir Ivan in Aussicht gestellt, weiß noch nicht, ob ich das mache. Aber was könnte man aus diesem alten Kasten noch alles machen, außer einem Puff, einem Schützen-Museum, einem Seniorenheim oder einem Zentrum für Attentäter?"

„Da fiel mir eine Menge ein", nickte Hannes, „die Wohnungen müssten natürlich bleiben, dazu vielleicht noch Gastronomie, das soziokulturelle Zentrum, vielleicht noch ein paar kleine Läden. Ist doch weit und breit nix in der Nähe, wenn man zu Fuß gehen muss."

„Du hast recht, da könnte man verdammt viel machen. Etwa ein kleines Kaufhaus, braucht Iserlohn dringender denn je."

„Und einen Spielzeugladen, gibt es auch keinen mehr. Vielleicht noch eine Arztpraxis, ist doch in diesem Bereich auch keine Versorgung."

Schweigend tranken sie ihr Bier, bevor sich Winston in Bewegung setzte. „Mal gucken, was sich der alte Knochen überlegt hat."

Gemeinsam traten sie aus der Tür und bewegten sich in Richtung des Ganges, in der sich die aufgebrochene Mauer befand, als ihnen eine Frau entgegenkam.

„Verdammt, war das nicht ..."

„... die Kandidatin", nickte Winston, „keine Ahnung, was die hier zu suchen hat. Das wird ja immer bunter, das Chaos. Lass uns Ivan suchen."

Sie fanden ihn vor dem Loch in der Mauer. Gedankenverloren stand der mächtige Mann mit herunterhängenden Schultern im Gang und starrte vor sich hin.

„Alles in Ordnung bei dir?" Winston machte sich ernsthaft Sorgen um seinen Freund und Auftraggeber. Dessen Kopf mit dem schwarzen breitkrempigen Hut nickte still.

„Sag mal, war das gerade nicht die Kandidatin? Was wollte die denn noch?"

„Meine alte Fabrik wollte die", nuschelte Ivan Drago.

„Und wozu? Was will sie denn noch damit?"

„Sie will daraus das neue Rathaus machen."

„Das Rathaus? Was denn noch alles?" Winston rang um Fassung, so viele absurde Ideen für diesen Bau, so viele Leute, die es haben wollten. „Und jetzt?"

„Wir werden die Dame mal vorladen", druckste der Kommissar rum, „diese Information ist ja ganz nett, aber ich bezweifle, ob sie stichhaltig ist."

„Ganz nett?" Ungläubig blökte Winston in sein Handy. „Ganz nett, sagen sie? Der Mann hatte ein Verhältnis mit der größten Gegnerin des Mordopfers, er war am Abend der Tat vor Ort, er konnte das Gift ganz einfach in den Wein mischen, und das finden sie ganz nett?"

„Auch ihn werden wir überprüfen, Herr Schmidt, aber Sie sollten diese Informationen tatsächlich nicht überbewerten, wenn Sie wissen, was ich meine."

„Ich weiß ganz genau, was Sie meinen. Ich habe Ihnen einen Eins-A-Tatverdächtigen präsentiert und seine mögliche Auftraggeberin dazu. *Ganz nett* wäre es, wenn Sie mir ihre nächsten Erkenntnisse auch mitteilen würden, vielleicht schaffen wir es dann gemeinsam, den Fall vor ihrer Pensionierung zu lösen. Ich habe Ihnen schon die Apothekerin als mögliche Täterin frei Haus geliefert, haben Sie die schon überprüft?"

„Ich schaue, was ich machen kann und melde mich dann eventuell bei Ihnen, auf Wiederhören."

Winston hörte es der Stimme des Beamten an, dass der überrumpelt war und sich auf dem falschen Fuß erwischt fühlte. Würde Kommissar Cordes sich tatsächlich bei ihm melden, wenn er was erfährt? Seufzend erinnerte er sich an Gundula, die er leider wegen ihrer Kenntnisse in Pflanzenkunde nicht aus dem Kreis der Verdächtigen ausschießen konnte. Er beschloss, zu ihr zu fahren und noch einmal mit ihr zu sprechen.

An dem Feuerwehrwagen kam er nicht vorbei. Winston ließ seinen Skoda am Bürgersteig stehen und lief zu Gundulas Wohnung, aus deren Fenster dunkler Qualm gen Himmel kroch. Er erreichte ihren Eingang, als ein Feuerwehrmann Gundula, in eine goldene Folie gewickelt, aus dem Haus führte.

„Gundula, mein Gott, was ist denn hier passiert, wie geht es dir?"

„Constanze", wimmerte die und schlang die Rettungsdecke noch enger um ihre Schultern, „wo ist Constanze, Winston, hast du sie gesehen?"

Hatte er natürlich nicht, und sie war ihm auch fürchterlich egal. „Jetzt sag doch, was hier passiert ist, Gundula."

Einer der Feuerwehrmänner drängte ihn behutsam zur Seite. „Wir bringen sie jetzt erst einmal ins Krankenhaus, scheinbar hat sie einen Schock. Vielleicht muss sie über Nacht dort bleiben, sind Sie ein Angehöriger von ihr?"

„Nein", schüttelte Winston den Kopf, „ich bin, äh, ein Freund und komme zufällig vorbei. Wie ist das denn passiert?"

„Das wissen wir noch nicht, aber in ihre Wohnung kann sie vorerst nicht zurück. Könnte sie vorübergehend bei Ihnen bleiben oder soll sich die Sozialarbeiterin des Krankenhauses um eine Schlafstelle in einer Obdachlosenunterkunft bemühen?"

„Äh, nein, natürlich nicht, hier ist meine Karte, kann ich noch etwas tun?

„Vorerst nicht, wir bringen sie ins Bethanien, falls Sie sie besuchen wollen. Schönen Tag noch." Damit führte sie der Feuerwehrmann oder Rettungssanitäter zu dem großen Wagen mit dem Blaulicht und Winston ging zurück zu seinem Auto.

Es war schon Abend, als das Taxi vor Winstons Wohnung an der Schulstraße hielt.

„Hallo Winston!"

Sie tat ihm fürchterlich leid, wie sie vor ihm stand, mit einigen Taschen, Tüten und zwei großen Rucksäcken.

„Ich war noch kurz in der Wohnung, nur das Nötigste holen, wenn es noch zu gebrauchen war. Und Constanze, natürlich." Lächelnd holte sie mit der freien rechten Hand die fette Katze aus ihrem weiten Mantel.

„Komm doch erst einmal rein, Gundula, ich nehme deine Sachen." Winston wurde plötzlich sehr skeptisch, die vielen Taschen und Tüten ließen in ihm die Befürchtung aufsteigen, dass sie sich auf einen längeren Aufenthalt bei ihm vorbereitete. Nachdem sie seinen Flur betreten hatte, machte sich sofort ein penetranter Brandgeruch breit. Sie hatte seine gerümpfte Nase bemerkt, ließ die Katze auf den Boden und entschuldigte sich.

„Alle meine Sachen riechen leider stark nach Rauch, aber ich werde das gleich ändern." „Setz dich erst einmal", bat er sie ins Wohnzimmer, während Constanze versuchte, sein Bein mit ihren Krallen zu bearbeiten, „mach es dir gemütlich."

„Das werde ich, Winston, das werde ich."

Drei Stunden später schellte Winston bei Julia. „Kann ich bei dir übernachten?"

„Gundula? Wie befürchtet?"

Winston nickte nur.

„Du Ärmster, komm rein."

Winston folgte ihr in ihr durchgestyltes, aber nicht kalt wirkendes Wohnzimmer, wo er auf dem anthrazitfarbenen Sofa Platz nahm.

„So schlimm?", fragte sie und reichte ihm einen klaren Schnaps.

Winston kippte das Getränk in einem Zug runter und hielt ihr das Glas noch einmal hin. „Schlimmer. Direkt nach ihrer Ankunft begann sie, die gesamte Wohnung mit Räucherstäbchen, irgendwelchen Ölen und sonstigen Düften zu fluten, angeblich, weil ihre Sachen so nach Rauch stinken, was ja auch stimmt. Dann fing sie an, die Möbel umzustellen, nach irgendwelchen asiatischen Grundsätzen", schnaubte er verächtlich.

„Wahrscheinlich Feng-Shui. Konntest du sie denn nicht daran hindern?"

„Mit der Wucht ihrer Körperfülle hat sie mich fast plattgewalzt, so sehr war sie in Schwung, und ihre blöde Katze hatte Spaß daran, mich aus jedem möglichen Hinterhalt anzuspringen und zu kratzen. Was ist denn daran so lustig?", schaute Winston Julia an, die hinter vorgehaltener Hand kicherte. „Und als sie anfing, sämtlichen Alkohol, sogar meinen guten *Talisker*, in den Garten zu stellen, weil er angeblich irgendein Karma vergiftete, bin ich geflohen, nachdem ich der Katze noch einen Tritt verpasst habe, was Gundula wiederum dazu brachte, mich mit irgendwelchen okkulten Beschwörungen und Flüchen zu belegen."

Julia konnte sich nicht mehr beherrschen, ihr Körper bebte, als sie laut lachte, Tränen liefen ihr die Wangen runter.

„Ist doch wahr", grummelte Winston, „die Alte spinnt doch!"

„Du armer Winston", spottete sie zwischen zwei Lachanfällen. „Aber es wird ja nicht lange dauern, dann kann sie in ihre Wohnung zurück. Es hat schließlich nicht gebrannt, nur starke Rauchentwicklung, das sollte bald behoben sein, wie du gesagt hast. Wie ist das überhaupt passiert?"

Winston schüttelte leicht den Kopf. „Sie hat ein ominöses Ritual veranstaltet und dabei sind irgendwelche Öle in Brand geraten oder haben miteinander reagiert, genau weiß ich es auch nicht, ihre Aussage war wie immer ziemlich nebulös."

„Wieso denn ein Ritual, was wollte sie damit bezwecken?"

„Genauso ungläubig wie du habe ich auch geguckt. Und wahrscheinlich bin ich auch noch schuld daran. Ich habe Gundula doch gefragt, was sie von Kräutern und dergleichen weiß. Sie fühlte sich scheinbar von einem bösen Verdacht verfolgt und wollte mit diesem Ritual den Fluch oder das Omen oder was auch immer von ihr nehmen."

"Die ist ja noch verrückter als ich dachte", wunderte sich Julia.

„Das sag ich dir, ich staune auch jedes Mal mehr. Ich hoffe sehr, dass die bald wieder verschwunden ist und ich meine Wohnung danach noch wiedererkenne. Außerdem hat sie gesagt, dass sie gar nicht mehr in ihre Wohnung zurück könne, frag mich bloß nicht, warum", blockte Winston Julias fragenden Blick ab, „ich will gar nicht wissen, welche bösen Mächte oder dunklen Teufel sie daran hindern sollten."

„Vierzigtausend Euro, so viel?" Winston wunderte sich. Über die Schulden dieses Lackaffen Kevin Wielert und noch mehr darüber, dass Kommissar Cordes ihn angerufen hatte. Sollte er ihn tatsächlich ernstnehmen? „Ich zähle jetzt einfach mal zusammen. Eine ältere Frau, die eine Konkurrentin des geistigen und künstlerischen Diebstahls verdächtigt, die einen deutlich jüngeren und verschuldeten Liebhaber hatte, der zufällig am Abend des Todes des Opfers Zugang zu dem Raum hatte, in dem die Frau gestorben ist – warum blinken bei mir alle Warnlampen?"

„Ich kann Sie ja verstehen, Herr Schmidt, aber ich als Profi bin da etwas zurückhaltender. Das sind keine Beweise, und außerdem wäre mein Kollege in Gelsenkirchen zuständig."

„Mir kommt da gerade eine Idee", grinste Winston breit, „ich hole die gute Frau Himmelreich und ihren Liebhaber unter einem Vorwand nach Iserlohn, ohne dass die beiden voneinander wissen. Ich spreche mit denen und dann kommen Sie zufällig dazu, zu einem intensiveren Gespräch, wie klingt das?"

„Das klingt nicht gerichtlich verwertbar, Herr Schmidt", seufzte Kommissar Cordes, „aber es ist einen Versuch wert. Die Himmelreich soll doch der Teufel holen."

„Seien Sie sich versichert, dass es sich für Sie lohnen wird, in finanzieller und künstlerischer Sicht. Ja, ich warte dann auf Sie in der Kunstfabrik Casa, die Bilder stehen noch dort. Wir werden sicher schnell herausfinden, welche Ihnen gehören, bis später!"

Gar keine werden es sein, dachte er, *das alte Schrapnell ist genauso geldgierig wie alle anderen auch.* Er informierte Kommissar Cordes über das Treffen und fuhr dann zum Casa. Das Siegel durfte er aufbrechen, hatte der Kommissar gesagt. Es roch muffig in den Räumen, seit der Tat, dem Angriff auf Gundula war niemand mehr dort gewesen. Winston ließ die schwere Eingangstür offenstehen und ging zu den Bildern der toten Künstlerin. *Abstrakt* fiel ihm als Einordnung sofort ein, Gegenständliches oder Menschen waren auf ihnen nicht zu sehen, Farben, manchmal leicht, manchmal kräftig, flossen ineinander über, vornehmlich Blau, Rot und Gelb, mit einer dicken Schicht aufgetragen. Winston vermutete, dass sie dafür einen kleinen Spachtel verwendet hatte.

Zwölf großformatige Bilder waren es, die an den Wänden hangen oder an den Tischen und Wänden standen, und alle sahen sich sehr ähnlich. Er grübelte, ob so etwas als Zyklus durchgeht oder einfach mangelnde Phantasie ist.

„Meinst du, die kommen wirklich beide? Ich habe ihn gestern bei der Vernehmung ziemlich unter Druck gesetzt."

Erstaunt sah Winston den Kommissar an.

„Sag einfach Franz", reagierte der auf den fragenden Blick.

„Ich denke schon, ich habe beiden Geld versprochen, das zieht immer. Bei ihm, weil er es dringend braucht und bei ihr, weil sie davon nicht genug kriegen kann. Achtung, da ist jemand an der Tür."

Leise zogen sie sich in den Durchgang mit der Küche zurück, von dem sie den großen Raum des Casa im Blick hatten. Kevin Wielert betrat den Raum so selbstbewusst, als würde er ihm gehören. Um sich blickend ging er zum rechten Teil, in dem die Bilder von Andrea Himmelreich und Dorothee Lassnick standen und hangen. Abschätzig, als würden sie ekelerregende Szenen darstellen, betrachtete er sie und murmelte „Die wird ja immer schlechter", als er ein Geräusch an der Tür bemerkte.

„Andrea! Was machst du denn hier?"

„Das könnte ich dich auch fragen. Ich verhandele gleich mit dem Vorstand des Casa über eine Ausstellung und den Ankauf mehrerer Bilder", reckte sie ihr Kinn vor.

„Das muss eine Falle sein, die will doch keiner. Schau sie dir an, da passt nichts zusammen." Mit einer wegwerfenden Geste deutete er auf das vor ihm stehende Werk. „Übrigens bin ich auch wegen einer Ausstellung hier, einer größeren als deine."

„Was erlaubst du dir? Du hast doch keine Ahnung von Kunst, deine erbärmlichen Schmierereien könnte auch ein betrunkener Schimpanse malen", schrie sie ihn an. „Du bist doch als Maler noch viel schlechter denn als Liebhaber, stümperhaftes Rumgestocher, kein Gefühl, auch nicht auf der Leinwand." Wutentbrannt schleuderte sie ihre Tasche auf den Boden.

„Muss ich tatsächlich noch sagen, dass es gelogen war, als ich gesagt habe, ich liebe dich?" Voller Verachtung, aber mit zitternden Lippen blickte er sie an. „Das war Mitleid, nichts als Mitleid, so wie meine Bewunderung für deine sogenannten Werke."

„Die werden langsam warm", flüsterte Winston zum Kommissar, der die Szene beobachtete. „Ich glaube, jetzt wird es interessant."

„Nichts hast du hinbekommen, niemals, nicht im Bett und nicht in der Kunst. Du bist so erbärmlich, sogar den Mord an dieser Schlampe hättest du fast in den Sand gesetzt, versehentlich das falsche Gift mitgenommen, mein Gott, was für ein Idiot!"

„Bingo!" grinste Kommissar Cordes.

„Um deine Anwesenheit nicht weiter ertragen zu müssen, verzichte ich sogar auf die Ausstellung", schrie er sie an, „ich will dich nie wiedersehen. Ach, und wärst du so nett und überweist mir noch einmal vierzigtausend Euro? Ich muss raus aus diesem Kaff."

„Dann sagen Sie uns bitte, wohin die Reise gehen soll." Kommissar Cordes kam aus der Deckung und ging auf die beiden zu, die ihn ungläubig ansahen. Winston folgte ihm und schaltete dabei sein Diktiergerät aus. Noch bevor er es einstecken konnte, liefen Andrea Himmelreich und Kevin Wielert zum Ausgang. Winston wollte ihnen folgen, wurde aber vom Kommissar zurückgehalten.

„Die kriegen wir auch so", nuschelte er, „das sind Amateure. Komm nachher noch in mein Büro."

Drei Stunden später klopfte Winston an die Tür des Beamten. „Habt ihr sie schon?" Müde nahm er auf dem Stuhl vor dem Schreibtisch Platz.

„Jedenfalls steht sie als Auftraggeberin für den Mord fest, zuhause in Gelsenkirchen ist sie nicht mehr aufgetaucht und ihr Handy wurde zuletzt im Iserlohner Stadtwald geortet. Weiß der Geier, was sie dort will."

„Sich vielleicht eine Hütte bauen und sich im Wald verstecken für den Rest ihrer Tage?", orakelte Winston grinsend.

„Das kann sie vergessen, so viel, wie da abgeholzt wird, wird sie bald sichtbar."

Winston hätte dem Kommissar so viel Humor gar nicht zugetraut. „Zumindest haben Sie ihren letzten Fall sauber erledigt, der ehemalige Liebhaber hat gestanden, das Gift in den Wein gemischt zu haben und bis ihr ihn erwischt, ist es nur eine Frage der Zeit. Also kannst du beruhigt in den Ruhestand gehen, prost!" Winston hob das Glas mit dem Whisky, das ihm Franz Cordes eingeschenkt hatte, und nickte ihm zu, der sein Glas ebenfalls erhob, als Winstons Handy läutete.

„Hallo, Ivan, lange nichts von dir ... an der Fabrik, gleich? Klar, ich komme." Stirnrunzelnd sah er auf sein Display.

„Alles in Ordnung?"

„Weiß ich noch nicht, aber der Whisky muss noch warten. Ich melde mich später bei dir."

Winston stieg in seinen Fabia und fuhr vom Präsidium durch die Innenstadt zu den beiden Kreisverkehren, M&Ms, wie er sie nannte und parkte kurz darauf vor der alten Fabrik an der Oberen Mühle. Ivan Drago wartete bereits auf ihn, aber er war nicht allein. *Was macht denn Julia hier,* wunderte er sich. Sie lächelte nur flüchtig, als er ihr einen Kuss gab und sah dann wieder an der alten Fassade empor.

„Wir haben den Täter und die Auftraggeberin gefasst, der Mord im Casa ist aufgeklärt", stellte er triumphierend fest. Die erhoffte Freude fiel jedoch aus, die beiden verzogen keine Miene. „Was ist denn mit euch los?"

„Sei nicht sauer, Winston", beschwichtigte ihn Julia, „während du mit der Mördersuche beschäftigt warst, hat sich hier einiges getan" und wies mit der Hand auf das Gebäude.

„Hast du dich endlich entschieden, was du mit dem Komplex machen willst?", wandte Winston sich an Ivan.

„*Chr*, habe ich, ich bin den Kasten leid." Erst jetzt fiel Winston auf, wie müde und angespannt sein Auftraggeber war. Das strähnige schwarze dünne Haar lag ihm auf der Stirn und fiel ihm an den Seiten fast bis auf die schmalen Schultern. „Willst du ihn haben? Ich schenke ihn dir."

Winston brauchte einen Moment, bis er begriff. „Bitte was? Du willst mir die alte Fabrik geben? Die kostet doch eine Unsumme im Monat, und ich habe keine Kohle, wie soll ich denn ..."

„Ich habe es durchgerechnet, auf der Grundlage der Kalkulation, die meine Mutter hat erstellen lassen, es funktioniert. Die alten Mieter können bleiben, neue, gewerbliche nach einem Umbau dazukommen, dazu können wir mit dem soziokulturellen Zentrum auf öffentliche Mittel hoffen, du kannst dir ein Büro einrichten, das können wir stemmen."

Winston spürte, wie ihm schwindelig wurde. „Wir? Du meinst, du willst ..."

„Ja, ich würde gerne einsteigen, falls der neue Besitzer nichts dagegen hat", lächelte sie.

„Aber was ist denn mit den anderen Interessenten, und vor allem mit dem Casa? Deine Mutter wollte doch eine Kunst-Fabrik daraus machen."

„Ich habe denen allen abgesagt, zum zweiten Mal, *chr*, waren doch alles nur Spinner, die Ärger gemacht haben, *chr*, ich will meine Ruhe, *chr*."

„Im Casa hat sich in den letzten Tagen viel getan, Winston. Den Mitgliedern wurde die Sache doch zu mulmig, sie hatten Angst, dass sich meine Mutter in irgendetwas verrannt hatte.

„Und deshalb ..."

„... gab es eine kleine Palastrevolte, wenn du so willst. Meine Mutter hat die Leitung abgegeben, ich habe erst einmal den Vorsitz übernommen und das Casa bleibt da, wo es ist."

„Das Casa war doch ihr ein und alles, was will sie denn machen?"

Julia verdrehte die Augen und atmete tief durch. „Sie hat ein neues Glück gefunden."

„Ein neues Projekt? Was macht sie denn jetzt?"

„Nein, kein neues Projekt. Sie ist gestern mit Gundula zusammengezogen."

„Deine Mutter? Und Gundula? So langsam verstehe ich gar nichts mehr, das ist doch ..."

„... eine explosive Mischung."

„Ich verstehe nur noch Bahnhof, wie kamen die beiden zusammen?"

„Sehr spontan, vermute ich. So, wie sie sich auch eine gemeinsame Wohnung genommen haben. Also, was ist, leiten wir die alte Fabrik gemeinsam?"

Winston konnte Julias Blick nicht widerstehen und nickte langsam. „Und jetzt lade ich euch ein."

Winston öffnete die Bierdose und nahm einen Schluck. Dann schaute er wieder auf die dunkle Wasserfläche, in der sich der Mond spiegelte. Es war ein wolkenloser, sehr dunkler Abend und er seit wenigen Stunden Besitzer der alten Fabrik an der Oberen Mühle. Er wartete. Bis er kam, seine Dose war schon fast leer. Der dunkle Buckel des Delphins krümmte sich aus dem mondbeschienenen Wasser und tauchte wieder ab. Es gab ihn immer noch.

„Haben Sie ihn auch gesehen?"

Ein alter, auf einem Stock gebeugter Mann ging

langsam an ihm vorbei.

„Wen soll ich gesehen haben?", fragte er mit leiser Stimme.

„Den Delphin, draußen im See."

„Delphin? Da ist kein Delphin, lass den Alkohol weg, mein Junge", lächelte der Mann.

„Aber irgend etwas ist da draußen im See, ich sehe es doch", murmelte Winston, „es sieht aus wie ein Delphin."

„Das ist kein Delphin, Jungchen, das ist ein Trottel, ein Idiot. Der taucht schon seit Jahren im See, nachts, wenn es hell ist, bei Vollmond, weil er eine Kassette sucht."

„Eine Kassette?" Winston sah auf und blickte in das fast zahnlose graubärtige Gesicht des gekrümmten Mannes.

„Ja, er glaubt, dass die Nachfahren der ursprünglichen Besitzer der alten Fabrik an der Oberen Mühle im See eine Urkunde versenkt hätten, in einer Kassette. Und wenn er sie findet, hofft er, dass die alte Fabrik ihm gehört, dieser Irre. Siehst du ihn noch?", keuchte der Greis.

„Ich sehe noch viel mehr Dunkles, das auf mich zukommt", seufzte Winston.

Ende